獄門首

栄次郎江戸暦 27

JN076754

小杉健治

時代小説
二見時代小説文庫

目次

獄門首——栄次郎江戸暦27

『獄門首――栄次郎江戸暦27』の主な登場人物

矢内栄次郎《やないえいじろう》……一橋治済《はるさだ》の庶子。三味線と共に市井《しせい》に生きんと望む、田宮流居合術の達人。

お秋《あき》……矢内家の元女中。八丁堀与力・崎田孫兵衛の妾《めかけ》となり浅草黒船町に住む。

崎田孫兵衛《さきたまごべえ》……お秋を腹違いの妹と周囲を偽り囲っている、南町奉行所の年番方与力の筆頭。

新八《しんぱち》……豪商や旗本を狙う盗人だったが、足を洗い徒目付矢内栄之進《えいのしん》の密偵となる。

弥三郎《やさぶろう》……主家《しゅか》の塚本家再興のために人質立て籠もり事件(第26巻)を引き起こした。

塚本源次郎《つかもとげんじろう》……不義を重ねていた上役と妻とを斬殺。お家断絶となった御徒衆《おかちしゅう》の御家人。

小平次《こへいじ》……引回《ひきまわ》しの馬上から弥三郎が栄次郎に口の形で伝えた名前。

喜平《きへい》……塚本家の代々の用人。主家の断絶後は寺男となり亡き主、源次郎の墓を守る。

およ……弥三郎が好いていた料理屋の女中とされる女。

市助《いちすけ》……栄次郎の前に現れた、弥三郎とは顔見知りだったと言う小間物屋。

芝田彦太郎《しばたひこたろう》……南町奉行所、当番方与力。弥三郎が引き起こした人質立て籠もり事件を担当。

香月千之助《こうづきせんのすけ》……栄次郎を陰から支える岩井文兵衛《いわいぶんべえ》を介し栄次郎に接近してきた男。

又五郎《またごろう》……弥三郎の知り合いを名乗る三十過ぎの遊び人風の男。

原田徳之助《はらだとくのすけ》……小平次殺しを扱い、栄次郎と知り合うこととなった同心。

若槻惣太郎《わかつきそうたろう》……塚本家再興を託されたと思われる瀬尾家の江戸詰めの納戸役。

第一章　引回《ひきまわ》し

一

夢中で稽古をしていて、いつの間にか、部屋の中は薄暗くなっていた。仲秋《ちゅうしゅう》になり、日の暮れるのもますます早くなった。矢内栄次郎《やないえいじろう》は三味線《しゃみせん》を置いた。そろそろ、一行がやって来る頃だ。

栄次郎は御家人の矢内家の部屋住《へやずみ》である。涼しげな目、すっとした鼻筋に引き締まった口許。細面《ほそおもて》のりりしい顔立ちだが、武士にしては匂い立つような男の色気がある。それは、栄次郎が長唄の師匠杵屋吉右衛門《きねやきちえもん》の弟子で、吉栄《きちえい》という名をもらった三味線弾きでもあるからだ。

亡くなった矢内の父は一橋《ひとつばし》家二代目の治済《はるさだ》の近習番《きんじゅうばん》を務めており、謹厳なお方で、母もまた厳しいお方であった。

治済がまだ一橋家当主だった頃に、旅芸人の女に産ませた子が栄次郎だった。そのとき、治済の近習番を務めていたのが矢内の父で、栄次郎は矢内家に引き取られ、矢内栄次郎として育てられた。

栄次郎は自分が大御所《おおごしょ》治済の子であるとはまったく考えたことはなく、あくまでも矢内家の者だと思っている。

母は栄次郎が三味線に現《うつつ》を抜かすことを許すはずがなく、やむなくここ浅草黒船町《あさくさくろふねちょう》のお秋《あき》という女の家の二階を、三味線の稽古用に借りている。お秋は昔矢内家に女中奉公していた女である。

栄次郎は三味線を片づけ、刀を持って部屋を出た。

階下に行くと、お秋が出て来て、

「もうお帰り?」

と、驚いたようにきく。

「すぐ戻って来ます」

そう言い、栄次郎は家を出て、通りに向かった。

冷たい風が吹いている。すでに沿道には野次馬が大勢集まっていた。栄次郎はひとが少ない場所を探し、通りの前に出て一行がやって来るのを待った。

　どんな罪人にも深い事情がある。しかし、あの男は自分の利得のために罪を犯したのではない。

　駒形町《こまがたちょう》のほうでざわめきが起こった。いよいよ引回しの一行がやって来るのだ。栄次郎は思わず深呼吸をした。

　やがて、先頭が目に入った。六尺棒を持った先払いの者や罪状を書いた幟《のぼり》持《もち》が目に入り、突棒《つくぼう》、刺股《さすまた》などの捕物道具を持った者が続いた。栄次郎ははっとした。裸馬に乗った罪人が見えて来た。

　早暁に小伝馬町《こでんまちょう》の牢屋裏門を出発した引回しの一行は大伝馬町《おおでんまちょう》から堀留町《ほりどめちょう》・小舟町《こぶなちょう》を通り、江戸橋《えどばし》を渡って楓川《もみじがわ》にかかる海賊橋《かいぞくばし》を渡る。奉行所与力・同心の組屋敷がある八丁堀《はっちょうぼり》を南北に突っ切る。それから京橋《きょうばし》を渡り、芝口橋《しばくちばし》へ向かい、高輪《たかなわ》まで行く。

　その後、引き返し、江戸城の外郭をまわり、上野山下《うえのやました》から浅草に向かい、小塚原《こづかっぱら》から引き返し、駒形町までやって来たのだ。

　栄次郎は馬上の罪人の顔を見た。三十代半ば、後ろ手に縛られ、ざんばら髪に無《ぶ》精髭《しょうひげ》、いかにも極悪人という風貌の男は弥三郎《やさぶろう》である。がっしりした体だったが、だいぶ痩せていた。

ふと読経《どきょう》の声が聞こえた。沿道に立った僧侶が経を口にした。

弥三郎を乗せた馬が近付いて来た。栄次郎は一歩踏み出し、弥三郎を見た。きょろきょろ辺りを見回している。その風貌から野次馬を睨みつけているように見えるかもしれない。だが、誰かを探しているようにも思えた。

弥三郎は、仲間を率いて薬研堀《やげんぼり》の船宿『船幸《ふなこう》』に押し入り、十二人を人質にとって立て籠もった。そして、人質の中のふたりを殺した。

さらに、小普請組頭《こぶしんくみがしら》の稲村咲之進《いなむらさきのしん》を自害に見せかけて殺害した。残虐な殺しを続けた弥三郎には引回しの上に獄門の裁きが下された。

真相は違う。弥三郎は事実を隠したまま処刑されようとしている。弥三郎が『船幸』で人質をとって立て籠もったのは間違いない。だが、人質の中のふたりを殺したのは弥三郎ではない。ただ、稲村咲之進は殺しているが、それも義憤に駆られて、冬《ふゆ》二《じ》という男に手を貸しただけだ。

弥三郎の視線が栄次郎の顔で止まった。

目の前を馬上の弥三郎が行き過ぎようとしていたが、顔を横に向け、その目は栄次郎に注がれていた。

栄次郎は目顔で問いかけた。

なぜ、一身に罪を背負って行くのですか。そう問いかけたとき、弥三郎が口を動かしていることに気づいた。

栄次郎は凝視した。弥三郎はゆっくり口を大きく開けた。何かを伝えようとしているのか。

栄次郎は口許を読み取ろうとした。

「こ、へ、い、じ……。こ、へ、い、じ」

何度も繰り返している。

こへいじと読み取れた。ひとの名か。行き過ぎたが、弥三郎は振り返って、もう一度、こへいじという口の形をした。小平次《こへいじ》だろうか。

小平次がどうかしたのか。駆け寄って聞き出したいが、引回しの罪人に駆け寄ることなど出来なかった。

蔵前《くらまえ》に差しかかった引回しの一行に西陽が当たっていたが、やがて陽光も弱くなってきた。

弥三郎はこれから小伝馬町の牢屋敷に戻り、牢屋敷の刑場で斬首されるのだ。

栄次郎はお秋の家に戻った。

「栄次郎さん、深刻そうな顔をしてどうかなさったの？」

お秋が訝《いぶか》しげにきいた。

「なんでもありません」

「引回しの罪人を見て来たのでしょう。どんな悪人でも、最後は改心して死んで行くんでしょうか」

お秋もしんみり言う。栄次郎がこれから処刑される罪人を見て、人生の虚しさを感じているると思ったのかもしれない。

「そうだといいですね」

栄次郎は話を合わせて二階に上がった。

お秋も上がって来て、行灯《あんどん》に灯を入れた。

「栄次郎さん、あと少しで夕餉《ゆうげ》ですよ」

そう言い、お秋は部屋を出て行った。

弥三郎は御徒《おかち》衆《しゆう》の御家人塚本源次郎《つかもとげんじろう》の屋敷の若党だった。

十年前、塚本源次郎は妻女が上役と情を通じ合っていたことを知り、まず妻女を殺したあとに登城し、詰所でその上役をめった斬りにして城内から逃走。御徒町の組屋敷に戻って自害したのだ。

殺された上役も抵抗もせずに斬られたことが問題となり、御家は断絶した。ところが、この上役には子どもがいて、何年も前から御家復興を働きかけていて、その願いが叶うような噂があった。

弥三郎もまた塚本家の再興を夢見ていたのだ。塚本源次郎には子はいないが、源次郎の姉には男の子がふたりいた。そのひとりに再興した塚本家を継《つ》がせようとしたのだ。

そのために、弥三郎はある企《たくら》みに乗ったのだ。

ふと背後でぷつんという音がした。振り返ると、三味線の三の糸が切れていた。栄次郎はたった今、弥三郎の処刑が終わったのだと思った。

立ち上がって、窓辺に立った。障子《しょうじ》を開けると、冷たい風が入り込んできた。大《おお》川《かわ》は闇に包まれていたが、屋根船の提灯《ちょうちん》の明かりが辺りを照らして上手《かみて》に向かった。

あの人質事件は、ある狙いがあって引き起こされたのだ。

十二人の人質のうち、ほんとうの狙いはふたりだけだったと、栄次郎は思っている。

塚本家の再興を条件に弥三郎が起こしたのだ。決して、私利私欲のためではない。

だが、弥三郎は自分ひとりで罪を背負ったのだ。

それにしても、小平次とは何者なのか。弥三郎はなぜ、小平次の名を伝えようとしたのか。何が言いたかったのか。

「栄次郎さん」

背後でお秋の声がした。

「夕餉の支度が出来ました」

「わかりました」

栄次郎は障子を閉めた。


翌日は朝から空はどんよりとしていた。

栄次郎は朝早く小石川《こいしかわ》の天正寺《てんしょうじ》の山門を入った。

本堂から読経の声が聞こえる。僧侶の朝の勤行《ごんぎょう》がはじまっていた。寺男の喜平《きへい》が境内の掃除をしていた。

栄次郎は喜平に近付いた。五十歳ぐらいだ。

「何か」

喜平がきいた。

「昨日、市中引回しの上に、弥三郎は処刑されました」

「…………」

　喜平はしばし目を閉じてから、

「引回しの一行がこの近くに来たとき、弥三郎に別れをした」

　十年前、塚本家には用人、若党、中間《ちゅうげん》、それに女中、下男など八人ぐらいが奉公しており、喜平は正木《まさき》喜平と名乗り、用人をしていたのだ。

赤城《あかぎ》弥三郎といった若党の弥三郎とともに譜代の家来だった。

　主人源次郎の不祥事によって塚本家が断絶したあと、喜平は菩提寺の寺男として塚本家の墓守をしていた。

「長いつきあいだったが、私より先に逝《い》くなんて……」

　喜平はやりきれないように言う。

「弥三郎さんは、塚本家の再興を図っていました。ご存じでしたか」

　栄次郎はきいた。

「そんなことを言っていたが、端《はな》から無理なことだと思っていた」

「でも、ほんとうに動きだしていたんです。そのことはご存じでは？」

「知らない」

　喜平は首を横に振った。

「仮に再興がなったとしても、私にはもう関係ありません。私が仕えていた旦那さまもういないのですから」

「しかし、塚本家は存続することになるのです」

「叶うはずはありません」

　喜平は諦念したように目をしょぼつかせた。

「しかし、弥三郎さんは出来ると思っていたようです」

「…………」

「弥三郎さんは引回しの馬の上から私に向かい、何度も声を出さず、口の形で私にこう言っていました。こへいじと」

「こへいじ？」

「小平次だと思われます。心当たりはありませんか」

「いや」

「塚本家に奉公していた中間や下男は？」

「いや、そんな名前ではない」

「塚本源次郎さまの姉御《あねご》さまの御家にはいかがでしょうか」

「そっちはわからない」

「姉御さまにお会いしたいのですが、お取り次ぎ願えませんか」

「寺男風情にそこまでの力はありませんよ」

「でも、あなたは塚本さまのお墓をずっと守っていらっしゃるではありませんか。源次郎さまの祥月命日《しょうつきめいにち》には毎年姉御さまはいらっしゃっているのですよね」

「親しく言葉を交わすわけではありません」

「弥三郎さんはどうだったのですか。塚本家の再興には姉御の手を借りねばなりません。会っていたのではないでしょうか」

「私は関知していない」

「では、姉御の名とお屋敷の場所を教えていただけますか」

栄次郎は頼んだ。

「春野《はるの》さまです。小石川にある久保田伊右衛門《くぼたいえもん》さまのご新造さんです」

「わかりました」

栄次郎は礼を言った。

「小平次とは何者でしょうか」

喜平がきいた。

「弥三郎さんがたったひとりで塚本家の再興を図ろうとしたとは思えません。仲間がいたはずです。船宿に立て籠もった賊のうち、捕まったのは弥三郎さんだけ。他の仲間は逃げ果《おお》せました。その仲間のひとりではないでしょうか」

「そうだとして、弥三郎は矢内さまに何を託そうとしたのでしょうか」

「不思議議です。あんなときに……」

「何かわかったら、私にも教えてくださいますか」

「わかりました」

栄次郎は挨拶をして喜平と別れた。


その日の昼過ぎ、黒い雲が張り出していた。栄次郎は小塚原の刑場に来ていた。烏《からす》が無気味な鳴き声を上げて空中を舞っていた。

野犬が掘り起こした骨が出ていたり、辺り一面は荒涼として死臭も漂い、異様な雰囲気だ。

千住宿《せんじゆしゆく》まですぐなので、往来を行き交うひとは多く、ほとんどの者が竹矢来《たけやらい》の傍《そば》までやって来て獄門台の首を眺めて行く。

栄次郎は弥三郎の顔を見た。月代《さかやき》も剃らず、髭も生え、髷《まげ》もほつれていて、いかにも極悪人の形相だ。

傍に立てられている捨札には、船宿に人質をとって立て籠もり、ふたりを殺したという罪状が書かれている。

栄次郎は複雑な思いで弥三郎の顔を見つめた。風が吹きつけるたびに目にかかっていた髪が煽《あお》られて目が見える。目はつむっているが窪んだ眼窩が目をかっと見開いたように見えて、野次馬の中から悲鳴が上がった。

「弥三郎さん。何が言いたかったんですか。小平次とは誰ですか」

栄次郎は内心で問いかける。

弥三郎は口を真一文字に結んだきりで何も答えてくれない。

「あなたは塚本家の再興を、瀬尾伊勢守《せおいせのかみ》さまに託したのですね。でも、伊勢守さまが約束を果たしてくれるという確約はあるのですか」

ひょっとして、その約束を見守っているのが小平次なのだろうか。

船宿に立て籠もった賊は人質の中でふたりの男を殺した。しかし、不思議なことに殺されたふたりの男の身許《みもと》はわからず仕舞いだった。

身許のわからない男。いや、身許を明かせないのだ。そこから、殺された男は公儀隠密ではないかという疑惑が生じた。

隠密はどこかの大名家を調べていたのではないか。そして、何か証拠を摑んだ。それを察した大名家側が別の事件を装って隠密を殺した……。

人質事件は見せ掛けであり、ほんとうの狙いは人質の中にいたふたりの男だった。

計画どおりに狙ったふたりは殺された。

その後の賊の動きから、その大名は西国の二十万石の大名村岡《むらおか》藩瀬尾家ではないかと見当をつけた。

この隠密殺しに、弥三郎は加担したのだ。その代償として、塚本家の御家再興に尽力してもらう。そういう約束があったのではないか。

しかし、確たる証《あかし》があるわけではない。ただ、弥三郎は上野新黒門町《しんくろもんちょう》の『但馬屋《たじまや》』の離れに住んでいたが、その近くに瀬尾家の上屋敷があり、賊の仲間の隠れ家は瀬尾家の下屋敷の近くにあり、賊が瀬尾家の下屋敷に入って行った。

だが、これらは確かな証にはなり得ない。上屋敷の近くに住んでいたのも隠れ家が下屋敷の近くにあったのも偶然かもしれない。賊が下屋敷に入って行ったのもつけられているのがわかっていて、わざと入ったのかもしれないのだ。

「ほんとうはあんな恐ろしい顔じゃないのに……」

横でやりきれないように呟《つぶや》く声がした。

顔を向けると、小間物屋のようで荷を背負ったまま竹矢来の中をじっと見ていた。

「南無阿弥陀仏、南無阿弥陀仏」

その男が手を合わせ、念仏を唱えだした。

男は三十代ぐらいだ。小間物の行商でこっちのほうに来たついでに獄門首を見たわけではない。

顔見知りのようだから、わざわざ会いに来たのかもしれない。

小間物屋は踵《きびす》を返し、竹矢来から離れた。

栄次郎は追いかけて声をかけた。

「もし」

「はい」

小間物屋が立ち止まって振り返った。丸顔で、眉尻《まゆじり》が下がり、ひとのよさそうな顔をしていた。

「私に何か」

不思議そうな顔をした。

「私は矢内栄次郎と申します」

「矢内さま」

「はい。不躾《ぶしつけ》にお伺いいたしますが、あなたはあの罪人をご存じなのでしょうか」

「ええ……。それが何か」

「じつは私もちょっと関わりがあったものですから、ついお声を」

「そうですか。お侍さまも弥三郎さんのお知り合いでしたか」

「ええ。あなたとはどのような間柄だったのでしょうか」

「弥三郎さんは私のお客さんでした」

「客？」

「はい。簪《かんざし》を買い求めていただきました」

「簪を？」

「ええ。好いた女子に簪を贈りたいというので、いろいろ相談に乗りました。それから、外で顔を合わすたびに声を掛け合うようになったのです」

「好いた女子のことをご存じですか」

「ええ。会ったことはありませんが、料理屋の女中をしているおとよという女子だとお聞きしました」

「おとよさんですか」

「ええ、小舟町に住んでいると言ってましたが、弥三郎さんが捕まったあとに訪ねたら、おとよさんはとうに引っ越したあとでした。料理屋もやめていました」

「今、どこにいるのかわかりませんか」

「料理屋の朋輩《ほうばい》にきけばわかると思います」

「そうですか。申し訳ありませんが、きいていただけますか」

「よございますが……。でも、なぜ？」

小間物屋は不審そうな顔できいた。

「そもそも、矢内さまは弥三郎さんとはどのようなご関係なのでしょうか」

「弥三郎さんは以前にある直参の若党をしていたのです。その頃、何度かお目にかかったことが。なぜ弥三郎さんがあんな真似をしたのか……」

栄次郎は最後は曖昧に言った。

「私もびっくりしました。なぜあんなことをしたのか。私もぜひ知りたいんです。聞くところによると、立て籠もった仲間はみな捕まっていないんです。弥三郎さんだけがどうして、犠牲になったのか……」

小間物屋は顔をしかめた。

「私は市助《いちすけ》と申します。矢内さまにお知らせしたいときはどこにお伺いすればよいでしょうか」

「浅草黒船町に南町与力の妹御でお秋というひとの家があります。そこに私はおります」

「浅草黒船町のお秋さんですね。では、何かわかりましたらお知らせに上がります」

市助はそう言い、山谷《さんや》のほうに歩きかけた。

「市助さん」

栄次郎は思いついて呼び止めた。

「何か」

市助は振り向いた。

「あなたは、弥三郎さんがつきあっていたひとたちをご存じですか」

「いえ、さっきお話ししたおとよさんだけです」

「そうですか。すみません、お引き止めして」

「いえ」

再び、会釈をして、市助は歩き去って行った。小平次の名を出すまでもなかった。

市助はそこまで知らないようだった。

栄次郎は再び竹矢来に戻り、獄門台の弥三郎の顔を見つめた。

「小平次とは誰ですか」

栄次郎は改めてきいた。

そのとき、雨が降りだした。弥三郎の顔にも雨が当たり、目から流れ落ちる滴《しずく》が涙のように見えた。

二

小塚原から黒船町のお秋の家に行った。

土間に入り、手拭いで濡れた髪や顔、着物などを拭き、足を濯《すす》いでいると、お秋が出て来て、

「栄次郎さん。芝田彦太郎《しばたひこたろう》さまがお見えです」

と、声をかけた。

「芝田さまが?」

芝田彦太郎は南町の与力である。

足を拭いてから板の間に上がり、栄次郎は階段に向かった。二階に行き、とば口の部屋に入った。部屋の真ん中で、彦太郎が座っていた。

「お待たせいたしました」

栄次郎は彦太郎と向き合って座った。

「いや、勝手に待たせてもらった」

彦太郎が色白の顔を向けて言う。三十過ぎで、端正な顔だちだ。

「小塚原に行っていたんです」

「そうか」

彦太郎は厳しい表情になり、

「弥三郎の処刑が済み、これであの人質事件は幕を閉じることになった。そのことを、矢内どのにも知らせておこうと思ってやって来た」

「わざわざすみません」

栄次郎は頭を下げてから、

「弥三郎といっしょに立て籠もった仲間のことも諦めるのですね」

と、確かめた。

「そうだ。弥三郎は拷問にもかけた。だが、最後まで口を割らなかった」

「弥三郎さんは信念を持ってあの事件を起こしたのです」

「塚本家の再興か」

「はい。そのためには命を捨てる覚悟は出来ていたのです」

「そんな相手に拷問は効かぬな。お奉行も、拷問で死なせるより処刑によって事件に区切りをつけようとしたのだ」

　彦太郎はため息をつき、

「虚しさだけが残った。あれだけの事件を引き起こしていて、弥三郎ひとりしか裁けなかったのだからな」

　と、無念そうに呟いた。

「あの事件は単なる人質立て籠もりではありません。弥三郎はひとりで罪を背負って行きましたが、船宿に立て籠もった末に人質のふたりを殺したのはあくまでも偽装に過ぎません。弥三郎は偽装の下手人《げしゅにん》なんです。ふたりを殺したのは別にいます」

「だが、証はない」

「いえ、隠れ家で、私は瀬尾家の家来が奉行所に目をつけられた弥三郎を始末しようとしたところに駆け込んだのです」

「しかし、はたして瀬尾家の家来だったかどうか。証がないのだ。第一、肝心の弥三郎が否定しているのだ」

「弥三郎は塚本家の再興を……」

「もはや弥三郎はいない。これ以上は何も出来ぬ」

　彦太郎は吐き捨て、

「我らの負けだった。真相を暴くことは出来なかった」

と、またも呻《うめ》くように言った。

「殺されたふたりの身許《みもと》はわからず仕舞いでしたが、あのふたりの亡骸《なきがら》はどうなったのですか」

「深川《ふかがわ》の万福寺《まんぷくじ》で供養してもらった」

「奉行所のほうで？」

「いや、違う。身許のわからないままでは可哀そうだと言い、材木問屋の『秋田屋《あきたや》』の主人が亡骸を引き取り、万福寺に納めた」

「材木問屋の『秋田屋』がなぜ？」

「主人の仁左衛門《にざえもん》は困っている者には施しをしたり、行路病者《こうろびょうしゃ》の供養をしたりと、なかなかの人物という評判だ」

「ふたりが御庭番かどうか、わからなかったのですね」

「身内もいるはずだが、誰も名乗り出ない。身内も名乗って出られないのだろう。だから、『秋田屋』の主人の行いに密かに感謝をしているはずだ」

「身内は『秋田屋』の主人によって深川の万福寺に亡骸が葬られたことを知っているでしょうね」

「知っているはずだ」

「身内はお参りが出来ますね。堂々とは出来なくとも」

「そうだ。細心の注意を払ってお参りをしているのではないか。たとえば早朝とか、夜遅くにとか」

「そうかもしれませんね。『秋田屋』の主人はひょっとして、そのことを考えて。つまり、『秋田屋』の主人はふたりの身許を知っていて、万福寺に……」

「どうであろうか。仮にそうだとしても、ほんとうのことは言わないだろう」

「ええ、そうでしょうね」

「いちおう、これで人質立て籠もり事件に決まりがついた」

「芝田さま。奉行所はこの事件の背後に瀬尾伊勢守さまがいるかもしれないということもあって、一件落着を決めたのではありませんか」

「…………」

　彦太郎から返事はなかった。

「そうなんですね」

「いずれにしろ、これ以上探索を続けても、無駄だということだ。矢内どののもこの件は終わったものと心得よ」

「芝田さま」

栄次郎はいくぶん身を乗り出すようにし、

「昨日、引回しの弥三郎と目が合いました。そのとき、弥三郎は口の形を作り、こへいじと何度も繰り返していました」

「こへいじ?」

「小平次かと。ひとの名前です」

「小平次……。何者か」

「わかりません」

栄次郎は首を横に振ってから、

「ただ、想像は出来ます」

「何か」

「弥三郎は罪をかぶる代償として、塚本家の再興を願ったのです。でも、いまだに塚本家が再興なったとか、これからなるという話は聞きません。弥三郎は自分が死んだあと、塚本家の再興がなるかどうかの見届け役を残していなければ安心して死んでいけなかったはずです」

「その見届け役が小平次だというのか」

「はい。弥三郎が小平次の名を私に知らせた狙いはわかりません。あるいは見届け役だった小平次が裏切るかもしれないという不安を募らせたか」

　栄次郎は彦太郎に迫るように、

「小平次を見つけ出せれば事件の真相に辿り着けるかもしれません。いっしょに小平次を探しませんか」

「ばかな。もう事件は終わったのだ」

「終わっていません。それは芝田さまが一番よくご存じではありませんか」

「………」

「では、小平次という男を探し出すことに手を貸していただけませんか。それなら、人質立て籠もり事件の探索ではありません」

「矢内どの。せっかくだが、もうこの件には関われぬのだ」

　そう言い、彦太郎は立ち上がった。

「邪魔をした」

　彦太郎が部屋を出て階段を下りて行く足音を聞きながら、栄次郎はひとりでも小平次を探すつもりになっていた。

その夜、栄次郎は本郷《ほんごう》の屋敷に帰った。雨は相変わらず降っていた。お秋から借りた番傘の雨滴を振るい落として、栄次郎は勝手口から入った。

足を濯いで部屋に上がった。そこに母が現れた。

「母上、ただいま帰りました」

栄次郎は挨拶をする。

「お話があります。あとで、仏間に」

「わかりました」

栄次郎は自分の部屋に入って常着に着替えながら母の用事を想像した。

兄栄之進《えいのしん》は書院番の大城清十《おおしろせいじゆうろう》郎の娘美津《みつ》と縁組をすることになった。大身《たいしん》の旗本の娘が小禄の御徒目付の家に嫁《とつ》いでくるのだから母も気を使っている。

美津が嫁いできたら、屋敷は狭いので、栄次郎は自分の部屋を明け渡すつもりでいた。お秋の家に居候するつもりだったが、母と兄は離れを建てることにした。

母は、栄次郎が離れで過ごすのは何かと不自由かもしれないが、なるたけ早くいい養子先を見つけようとしている。

今、旗本の織部平八郎《おりべへいはちろう》の娘お容《よう》との話がある。二千石の旗本織部平八郎の家は代々女系で、娘のお容に壻《むこ》をとることになっているという。

母がこの話を持ち出すのではないかと警戒した。

少し落ち着いてから。栄次郎は仏間に行った。

「失礼します」

栄次郎は襖を開けて、中に入った。

母は仏壇に向かって手を合わせていたが、すぐに栄次郎のために場所を空けた。

栄次郎は仏壇の前に座った。灯明《とうみょう》が上がっている。線香を点《つ》け、合掌《がっしょう》する。

それから、母と向かい合った。

「母上、お話とはなんでしょうか」

「そんなに急がなくてもよございましょう」

「はあ」

どうやら、養子の話ではないようだ。

「近頃、御前《ごぜん》さまとはお会いになりましたか」

母がきいた。岩井文兵衛《いわいぶんべえ》のことだ。

「いえ、しばらくお会いしていません」

「そうですか」

亡くなった父が一橋家二代目治済の近習番を務めていたとき、一橋家の用人をしていたのが文兵衛だった。

　今は隠居の身だが、たかだか二百石の御家人である矢内家に何かと気を配ってくれており、栄次郎も御前と呼んで親しくしている。

「そのうち、またお声がかかるでしょう」

「そのうち？」

　母は文兵衛に栄次郎の養子先を探してもらっている。織部平八郎の娘お容との話が動きだしているのだろうか。

「何か御前さまは私に御用が？」

「御前さまは、栄次郎のことをいろいろ心配なさってくれています」

「はい、それはわかっております」

「じつは香月千之助《こうづきせんのすけ》どのというお方が栄次郎にお会いしたいそうです」

「香月千之助さま？」

「昔、父上と親しくなさっていた香月さまのご子息です。栄之進と同い年です。千之助どのが五歳ぐらいのとき、お目にかかったことがあります。なかなか利発そうな顔をしていました」

「そうですか。で、私にどんな用で？」

「それがはっきり仰《おつしや》らないのです。ただ、栄次郎のことは噂で聞いていると」

「噂ですか、どんな噂でしょうか」

三味線弾きだということか。それとも、栄次郎が大御所治済の子であることを知ってのことか。

「さあ、そこまでは」

母はあっさり言う。

ふと、栄次郎は疑問を持った。香月千之助がどんな狙いで会おうとしているのかわからないのに、栄次郎と引き合わせようとしている。母らしくない。今までの母なら、相手の用向きを問い質《ただ》すはずだ。はっきり言わない相手を栄次郎には引き合わせないはずだ。

「母上。香月さまの用向きをほんとうはご存じなのではありませんか」

栄次郎ははっきり口にした。

「どうしてそう思うのですか」

母は微《かす》かに狼狽《ろうばい》した。

「相手がどんな腹積もりで会いに来るのかわからないのに、私に引き合わせるとは思えないからです」

「いえ。でも、御前さまのお声掛かりなので心配ないかと思ったのです」

「御前さまの？」

「はい」

「でも、最初は御前さまのことは何も仰っていませんでしたが」

「そうですか。私は言ったつもりでしたが」

母は珍しく歯切れが悪かった。

「母上」

栄次郎は居住まいを正した。

「なんですね、改まって」

「いえ」

織部平八郎が香月千之助を使って栄次郎の人柄を調べさせようとしているのではないかときこうとして、思い止《とど》まった。

そうなら、かえって好都合かもしれないのだ。千之助が栄次郎の人柄に疑問を持てば、この話は流れるかもしれないのだ。

相手から断られるぶんには母も納得するだろう。

「栄次郎、何か」

母が促した。

「いえ、なんでもありません」

「そうですか」

母はほっとしたように、

「それでは香月千之助どののほうには、お会いしますと伝えて良いですね」

「わかりました」

栄次郎は母と別れ、仏間を出た。

兄栄之進の部屋を窺《うかが》ったが、まだ帰っていなかった。栄次郎は自分の部屋に戻った。

三

翌朝、栄次郎はいつものように刀を持って庭に出た。まだ辺りは暗く、大気は冷たい。物置小屋の近くにある柳の木の前に立つ。

栄次郎は居合腰《いあいごし》で構え、柳の小枝の微《かす》かな揺れを見て抜刀した。小枝の寸前で切っ先を止め、鞘に納める。

田宮《たみやりゆう》流居合術の達人である栄次郎は毎日の鍛錬を欠かさなかった。半刻（一時間）

ほど、汗を流して切り上げた。

兄栄之進とともに朝餉を食べ終えたあと、栄次郎は兄の部屋に行った。

「兄上。よろしいでしょうか」

「入れ」

「失礼します」

栄次郎は襖《ふすま》を開けて中に入り、兄と対座する。

「何かあったのか」

栄次郎の顔を見て、兄がきいた。

「じつは昨夜、母上からこんな話が」

と前置きして、香月千之助の話をした。

「昔、父上と親しくなさっていた香月さまのご子息だそうです。私に会いたいというのは御前さまからのお話のようでした。用向きを母上は何も知らないと仰っていましたが、そんなはずはありません」

「うむ。用向きのわからない相手に栄次郎を簡単に引き合わせるような母上ではない」

兄も同じことを言った。

「母上は御前さまからのお声掛かりだから問題はないと仰ってましたが」

「確かにそうではあるが、なぜ用向きがわからないのか」

「いえ、母上は知っていてとぼけているのだと思います」

「なぜだ？」

「私が思うに、香月千之助どのは織部平八郎さまの命《めい》を受けているのではないかと」

「織部さまの？」

「はい。つまり、私のことをお容どのにふさわしいか見定めるために私に近付こうとしているのではないかと」

「栄次郎の人柄を見ようとしているというのか。そんなばかなことはあるまい」

兄は一笑に付した。

「でも、母上がわざわざ私と引き合わせようとしているんです。縁組絡みとしか考えられません」

「確かに、母上のことを考えればそうだが……」

兄は頷き、

「母上が積極的だとしたら、逆かもしれぬ」

「逆とは？」

「そなたの人柄を見るのではなく、お容どのの美点をそなたに訴えるためかもしれぬ。それなら、母上も乗り気になるだろう」

「確かに」

栄次郎は頷いてから、

「兄上は、父上と親しくなさっていた香月さまをご存じですか」

「確か、そのようなお方はいたようだが、よく覚えてはおらぬ」

兄は首を横に振った。

「兄上、織部さまのご家来に香月千之助どのがいるかどうか、調べていただけませんか」

「わかった。お美津どのを通して調べてみよう」

「お願いいたします」

栄次郎は立ち上がり、自分の部屋に戻った。


栄次郎は本郷の屋敷を出て、加賀前田《かがまえだ》家の上屋敷の脇に沿って坂道を上がり、湯島《ゆしま》の切通しを下り、大名屋敷の間の道を通って明神下《みょうじんした》にある新八《しんぱち》の長屋にやって来た。

新八は大名屋敷や大身の旗本屋敷、そして豪商の屋敷などに忍び込むひとり働きの盗人《ぬすっと》だった。忍び込んだ屋敷の武士に追われた新八を助けたことが縁で、栄次郎と親しくなった。

今は盗人をやめ、御徒目付である兄の手先として働いている。が、時には栄次郎に手を貸してくれている。

腰高障子に手をかけて、声をかけて開ける。

「あっ、栄次郎さん」

新八は部屋の真ん中に座って煙草《たばこ》を吸っていた。

「もう起きていましたか」

「ええ」

新八は急いで煙草盆の灰吹《はいふき》に雁首《がんくび》を叩いて灰を落とした。

「どうぞ、そのまま続けてください」

栄次郎は言う。

「もう十分に吸いましたから」

煙管《きせる》を仕舞ってから、

「弥三郎が処刑されましたね」

と、新八は口にした。

新八も人質立て籠もり事件を知っていた。

「新八さん、お願いがあるのですが」

「なんでしょう、なんなりと仰《おっしゃ》ってください」

「引回しで、馬上の弥三郎と顔を見合わせたのですが、弥三郎が口の形で私に小平次と伝えようとしたのです」

「小平次ですか」

「この小平次は弥三郎から何かを託された男ではないか。私はそう思っています」

栄次郎は言い切った。

「何かを託されたというんですね」

新八は確かめるようにきいた。

「弥三郎は自分が死んだあと、塚本家の再興がなるかどうかの見届け役を残していなければ安心して死んでいけなかったはずです。その見届け役が小平次だったのではないでしょうか」

「なるほど。そうだとすると、弥三郎が信頼していた男というわけですね」

「ええ、古い知り合いではないでしょうか。あるいは、小平次もまた塚本家の再興を願っている男かもしれません」

塚本家に奉公していた中間《ちゅうげん》ではないかとも思ったが、用人だった喜平は否定した。

「なんとか探し出してみます」

「お願いいたします」

栄次郎は殺風景な部屋を見回して、

「新八さん、いつぞやの女子はどうなさったのですか」

新八に好いた女が出来たことがあった。相手の女も満更《まんざら》でもないようで、このまま所帯を持ってくれたらと思っていたが、いつの間にか、女の影はなくなっていた。

「別れました」

新八ははかない笑みを浮かべ、

「どうもあっしみたいな男は他人と暮らすことが出来ないようです」

「今のような仕事をしていては落ち着いた暮らしは難しいでしょうね」

「いえ、仕事のせいではありません。単にあっしの性分の問題でして」

新八は微かにため息をもらした。

新八も三十は過ぎている。いつまでもこのような生き方を続けられないだろう。そのうち、兄に相談してみようと思った。

「では、お願いいたします」

栄次郎は挨拶をして長屋を出た。

それから、鳥越神社《とりごえ》の近くにある師匠杵屋吉右衛門の家に向かった。

吉右衛門師匠は横山町《よこやまちょう》の薬種問屋の長男で、十八歳で大師匠に弟子入りをし、天賦の才から二十四歳で大師匠の代稽古を務めたひとである。

師匠の家に着くと、まだ他の弟子が来ていなかったので、栄次郎はすぐに稽古場の見台《けんだい》の前に座った。

「よろしくお願いいたします」

栄次郎は挨拶をする。

「吉栄さん」

師匠はおもむろに口を開いた。

「来月の市村座《いちむらざ》ですが、越後獅子《えちごじし》になりました」

若手の歌舞伎役者市村梅次郎《うめじろう》が立方《たちかた》、地方《じかた》の立唄《たてうた》に師匠の杵屋吉右衛門、栄次郎は立《たて》三味線を担うことになっていた。

「わかりました」

「それから、新しいお弟子さんが入りました」

「そうですか」

「畳職人で、政吉《まさきち》さんと仰います。よろしくお願いいたします」

「わかりました」

栄次郎は応じてから三味線を抱えた。

四半刻（三十分）ほど稽古をつけてもらって、栄次郎が稽古場を下がって隣りの部屋に行くと、見かけぬ男が火鉢の前にいた。三十過ぎで、細面で目の大きな男だ。

栄次郎を見ると、居住まいを正し、

「あっしはこのたび入門いたしました政吉と申します。よろしくお願いいたします」

と、丁寧に挨拶をした。

「あなたが政吉さんですか。師匠からお伺いいたしました。矢内栄次郎です。こちらこそ、よろしくお願いいたします」

栄次郎も挨拶を返した。

「なにぶん、はじめてなもので、自分に出来るか不安なのですが」

「好きならなんら問題ありませんよ。すぐ、上達しますよ」

「そうだといいんですが」

政吉は心配そうに言う。

「だいじょうぶですよ。ただ、何事も精進がだいじですから、こつこつと真面目に稽古を続けていけば自分でも驚くくらいに腕が上がります」

栄次郎は言ったあとで、

「偉そうにすみません。今のは私が入門したとき、兄弟子から言われた言葉なんです」

と、付け加えた。

「わかりました。あっしも今の言葉を胸に叩き込んでおきます。では」

政吉は立ち上がって師匠のところに行った。

栄次郎は師匠の家を出て、浅草黒船町に向かった。

お秋の家で三味線の稽古をしていると、時の経つのも忘れ、気がついたとき、行灯が灯っていた。そういえば、さっきお秋が部屋に入って来たようだった。

栄次郎は三味線を置いて、窓辺に立った。障子を開けると、冷たい川風が入り込んだ。外は薄暗くなっていた。大川に屋根船が浮かんでいた。

障子を閉めようとしたとき、荷を背負った男がこの家の戸口に向かって来るのがわかった。

障子を閉めて部屋の真ん中に戻った。再び三味線を抱えたとき、階段を上がって来る足音を聞いた。

「栄次郎さん」

お秋が声をかけて襖を開けた。

「市助さんというお方がお見えですけど」

「市助さん？」

さっきの荷を背負った男は市助だったのかと驚いた。昨日の今日だ。

「今、下りて行きます」

栄次郎はお秋に声をかけた。

三味線を片づけ、栄次郎は部屋を出た。

階下に行くと、小間物屋の市助が荷を背負ったまま土間に立っていた。

「矢内さま、昨日はどうも」

市助が声をかける。

「市助さん。まさか、もうおとよさんの行方が？」

「ええ、わかりました。料理屋の朋輩にきいたら、やはり知っていました。で、その場所に行ったら、おとよさんがいました」

「どこですか」

「北森下町《きたもりしたちょう》の幸兵衛店《こうべえだな》です。とば口から二軒目です。で、顔を出し矢内さまのことをお伝えしておきました」

「それは助かります」

「じゃあ、あっしは」

「もうお帰りですか。お茶でも」

「お気持ちだけいただいておきます。あっしも家で待っている者がいますので」

市助は土間を出て行った。

栄次郎は市助を見送ってから階段に向かった。

「栄次郎さん。夕餉は用意しますからね」

お秋が背中に声をかけた。

栄次郎は頷いてから階段を上がった。

部屋に戻り、夢中で三味線を弾いていると、またも時の経つのを忘れた。

「栄次郎さん、夕餉の支度が出来ました」

お秋の声が遠くに聞こえた。

三味線を片づけ、栄次郎は階下に行った。

居間の長火鉢の前で、崎田孫兵衛《さきたまごべえ》が浴衣《ゆかた》姿でくつろいでいた。

孫兵衛は南町の年番方与力で、与力の中の筆頭である。が、鼻の下を伸ばした顔に威厳はない。

「崎田さま」

栄次郎は声をかけた。

「まあ、待て。その前に酒だ」

孫兵衛は取り合おうとせずに、お秋に酒を求めた。

お秋がすぐにやって来て、長火鉢の銚釐《ちろり》から燗《かん》をつけた酒をふたりの猪口《ちょこ》に注いだ。

孫兵衛はうまそうに喉《のど》を鳴らして呑み干す。栄次郎も口をつけた。

孫兵衛はお秋の酌《しゃく》を受けながら、

「栄次郎どの。弥三郎のことであろう」

と、先回りをしてきいた。

「はい。よくおわかりで」

「そなたとのつきあいも長い。だいぶ、そなたのことがわかってきた」

孫兵衛は笑った。

最初の頃は、孫兵衛はお秋との関係で嫉妬をし、きつく栄次郎に当たっていた。が、いつの頃から、だいぶ打ち解けてきた。

「では、お伺いいたします。人質立て籠もり事件は弥三郎ひとりの処刑で一件落着となりましたが、実際は何も解決していません」

栄次郎は続ける。

「立て籠もった賊は五人いたはずですが、弥三郎の他は誰も捕まっていません。殺された人質のふたりの身許も謎です。このふたりについては公儀の……」

「待て」

孫兵衛が手を上げて制し、

「殺されたふたりの身許が仮に公儀の隠密だったとしても、それを証《あか》すものは何もないのだ。そのことをはっきりさせることが出来ない以上、憶測でしか事件を見ることが出来ぬのだ」

「しかし、明らかに公儀の隠密としか考えられません」

「だが、公儀の隠密だから殺されたという証はない。人質立て籠もり事件の犠牲になったと考えるほうが自然だ」

「…………」

「そなたの気持ちはわかるが、あくまで奉行所としては人質立て籠もり事件として対処するしかないのだ」

　孫兵衛は弁明をする。

「そうだとしても、弥三郎の仲間は逃げたままです」

「うむ」

「事件はまだ解決していません。それなのに、弥三郎の処刑を以《もっ》て幕引きを図るのはちと解せません」

「…………」

　孫兵衛は苦《にが》い顔をした。

「崎田さま」

　栄次郎は身を乗り出して声を潜め、

「どうなのですか。お奉行から待ったの声がかかったのではありませんか」

と、迫った。

「いや……」

　孫兵衛は苦しそうな顔をした。

「やはり、そうなんですね。でも、お奉行が独自でそんなことをするとは思えません。どなたかからの依頼があったのではありませんか。たとえば、瀬尾伊勢守さまから苦情がきたとか」

「ばかな。そんなところから苦情がくるはずない」

「では、老中からですか」

「わしにはわからぬ」

孫兵衛はいらついたように吐き捨てた。

「おかげでおおよそのことがわかりました」

「栄次郎どの。もうこの件は忘れたほうがいい。いや、もう落着したのだ。いいな」

孫兵衛は強い口調になった。

「わかりました。どういう経緯で落着したのかおおよそのことがわかればよかったので」

「納得いかないところもあろうが、やむを得ないのだ」

孫兵衛はそう言い、猪口の酒を一気に呷《あお》った。

栄次郎は猪口の酒を喉に流し込んでから立ち上がった。

「もう帰るのか」

「はい」

「もう少しいいではないか。わしとてこの辺りがむかついているのだ。いっしょに呑もうではないか」

孫兵衛は胸をさすりながら言った。

孫兵衛も今回の措置に不満を抱いているのだと思った。

「わかりました。呑みましょう」

栄次郎は再び腰を下ろした。孫兵衛はほっとしたように表情を和らげた。

四

翌日、栄次郎は両国橋《りようごくばし》を渡った。横からの風が強く、橋を往来するひとたちは時折、ふらついていた。

竪川《たてかわ》にかかる二ノ橋《にのはし》を渡り、弥勒寺《みろくじ》の前を過ぎて北森下町に着いた。幸兵衛店はすぐにわかり、長屋木戸をくぐった。

とば口から二軒目、およの家の前に立った。栄次郎は腰高障子に手をかけて引いて、声をかける。

「ごめんください」

「はい」

部屋にいた女が応じた。

「失礼します」

栄次郎が土間に入ると、三十歳ぐらいの丸顔の女が上がり框《かまち》まで出て来た。

「およよさんですか」

栄次郎は声をかける。

「はい」

「私は矢内栄次郎と申します」

「矢内さまですか。小間物屋の市助さんが仰っていたお方ですね」

「そうです。今、よろしいですか」

「はい。どうぞ、ここに」

およよは上がり口を空けた。

栄次郎は刀を腰から外して、上がり框に腰を下ろした。

およよがお茶をいれようとしたので、

「お構いなく」

と、あわてて言う。

「そうですか」

おとよは腰を下ろした。

「さっそくですが、弥三郎さんのことで」

栄次郎は切り出した。

「はい」

おとよは表情を曇らせた。

「失礼ですが、弥三郎さんとはどのような間柄だったのでしょうか」

「料理屋で働いているときのお客でした。何度か通《かよ》って来て親しくなって……」

「弥三郎さんは何を？」

「はっきり言ってくれませんでしたが、以前は武家奉公人をしていたと。どこのお屋敷かは教えてくれませんでした。まさか、あんなことをしでかすなんて」

おとよは深いため息をもらした。

「事件のことで、あなたに何かそれらしいことを言ってましたか」

「いえ。ただ、事件を起こす前に、旅に出るかもしれないと言ってました。でも、あんなことをするなんて想像もしませんでした」

「弥三郎さんの仲間をご存じではありませんか」

「いえ、知りません」

「そうですか」

　栄次郎は迷ったが、

「小平次という名を聞いたことはありませんか」

「小平次ですか」

　おとよは首を傾げ、

「そのひとが何か」

　と、きいた。

「弥三郎さんとは親しいひとではないかと思ったのですが」

「小平次ですか」

　もう一度、おとよは考えるような仕草をしたが、やがて首を横に振った。

「やはり、思い出せません」

「そうですか」

「あのう……」

　おとよは恐る恐る口にした。

「矢内さまは、どうして弥三郎さんのことを調べているのですか」

「弥三郎さんがなぜあのようなだいそれたことをしたのか、そのことが気になっているんです。それより、なぜ、弥三郎さんは罪を一身にかぶったのか……」

「……………」

「すみません。あなたには関係ない話でした」

「いえ、私も気になります。弥三郎さんはなんであのようなことをしでかしたのか。矢内さまはおわかりに？」

「以前奉公していた御家の再興のためです。忠義を尽くしているんです」

「……………」

「お邪魔しました」

これ以上きくことはないと思い、栄次郎は礼を言い、立ち上がった。

「あっ」

と、おとよが思い出したように声を上げた。

「何か」

「ひとりだけ、弥三郎さんが口にしたひとがいたのを思い出しました」

「誰ですか」

「又五郎《またごろう》さんです。ふたりで伊勢町堀《いせちょうぼり》を歩いていたら目の前を横切った男のひとがいたんです。そのとき、弥三郎さんが又五郎って口にしたんです」

「いくつぐらいの男でしたか」

「三十過ぎかと。遊び人ふうの男でした」

「どこに住んでいるかはわかりませんよね」

「はい」

「わかりました」

「弥三郎さんのことで何かわかったら教えていただけますか。私も思い出すことがあれば、お知らせいたします」

「そうですか。何かあったら浅草黒船町のお秋というひとの家に訪ねて来ていただけますか。私はたいがいそこにおりますので」

「浅草黒船町のお秋さんですね。わかりました」

栄次郎はおとよの家を辞去した。

長屋木戸を出て、竪川のほうに向かう。相変わらず風は強いが、青空が広がっていた。

もはや追及する糸口はないものと諦めていたが、引回しの弥三郎から小平次の名を聞き、弥三郎が好いた女から又五郎の名を聞いた。

小平次と又五郎。ふたりの男を見つけ出せればまた道が開けるかもしれない。そう思いながら、栄次郎は小名木川《おなぎがわ》のほうに足を向けた。

高橋《たかばし》を渡り、仙台堀《せんだいぼり》を越えて、寺が並ぶ一帯に出た。その並びに、万福寺があった。

栄次郎は山門をくぐった。境内はひっそりとしていた。

本堂の脇を通り、墓地に足を踏み入れる。箒《ほうき》を持った寺男に出会った。栄次郎は声をかけた。

「先日、不慮の死を遂げた身許不明の亡骸が葬られていると聞きました。その場所はどこでしょうか」

「この先を抜けたところです。白木の墓標が立っていますから」

四十歳ぐらいの不精髭を生やした小肥りの寺男が答えた。

「わかりました」

礼を言い、その場所に向かった。

土饅頭《どまんじゅう》がふたつあり、それぞれに白木の墓標が立っていた。

墓標には死んだ日付と場所が記されていた。数字の一と二で土饅頭は識別されていた。

栄次郎はそれぞれに手を合わせた。墓標の前には花が供えられていた。身内の者がお参りに来たのではないか。ふたりが御庭番ならば、その家族はここに葬られたことを知らされているだろうと思ったが、その証はない。

「あなた方は、瀬尾家の何を探索していたのですか」

栄次郎は問いかけた。風の唸る音が死者の無念の呻き声のように聞こえた。

おそらく、ほどよいときに墓を掘り起こし、亡骸を家の菩提寺に移すのではないか。そのほうが、死者も安らぐだろう。

栄次郎は墓標から離れた。

さっきの墓守に声をかける。

「あのお墓にお参りに来るひとはいましたか」

「いえ、いません」

「来ない?」

栄次郎は驚いた。

「朝早く、あるいは夜遅くとかに来ているのでは?」

「いえ、そんな気配はありません」

「今、花が供えられていますが」

「あれはあっしがお供えしているんです。無縁仏で、誰もお参りに来ないし、ほんとうに寂しい墓なので可哀そうで」

「そうでしたか」

栄次郎は戸惑った。

御庭番の侍なら無縁仏ではない。ただ、殺されたのが御庭番だということを隠したいために『秋田屋』が供養を買って出た。身内の者はひそかに手を合わせに来ていると思ったのだが……。

ほんとうに無縁仏なのだろうか。それとも、御庭番はたとえ死んでも手を合わせることも出来ないのか。

(まさか)

栄次郎はあっと思った。

栄次郎は万福寺を出て、仙台堀沿いを大川に出て、新大橋《しんおおはし》を渡った。薬研堀から浅草御門に差しかかったとき、背後から呼び止められた。

「栄次郎さん」

立ち止まって振り返った。

「新八さん」

「今、薬研堀の船宿『船幸』に行ってきました。それとなく、小平次という名に心当たりがあるかきいて来たのですが……」

「立て籠もった賊の中に小平次もいたことは十分に考えられますね」

「ですが、だめでした」

新八は首を横に振った。

「これから、塚本源次郎の家に仕えていた者たちを当たってみます。知り合いに小平次がいるかもしれませんので」

「新八さん、じつはお話が。ここは人通りがあるので」

栄次郎は新八と柳原《やなぎはら》の土手に上がった。神田川《かんだがわ》に荷を積んだ川船が上っていった。

「殺されたふたりは深川の万福寺に無縁仏として葬られています。材木問屋の『秋田屋』の主人が亡骸を引き取ったそうです」

栄次郎は息を継ぎ、

「私はふたりは御庭番だったと思っています。素姓を明かさないために身内は名乗って出られない。そのために、『秋田屋』の主人が動いたと思っていました。ところが、墓参りに来た形跡がないのです」

「………」

「ほんとに、あそこに亡骸があるのか」

「栄次郎さん、まさか、墓を？」

新八が愕然ときいた。

「ええ」

「わかりました。お手伝いします」

「すみません」

「いつですか」

「今夜にでも」

栄次郎は厳しい顔で言った。

その夜、暮《く》六《れ》つ（午後六時）に、栄次郎と新八は万福寺の境内に入った。

墓を掘り起こすには寺男の力を借りたほうがいい。庫裏《くり》の近くにある寺男が暮らしている小屋に向かった。

戸の隙間から微かに明かりが漏れていた。

栄次郎は戸を叩いた。

「誰だえ」

中から声がした。

「失礼します」

栄次郎は戸を開けた。

寺男が酒を呑んでいた。膝の前に徳利が置いてある。

「やっ、昼間のお侍さん」

寺男が不審そうな顔をした。

「お願いがあって来ました」

栄次郎と新八は土間に入った。

「なんですね」

「あの白木の墓標のふたつの土饅頭なんですが」

栄次郎は切り出す。

「あなたは、あそこに亡骸を埋めるのを見ていたのですか」

「もちろん」

「棺桶を埋めたのですよね」

「そうです。それが何か」

「棺桶の中を見ましたか」

「棺桶の中？　見ませんよ」

「ほんとうに亡骸が入っていたのでしょうか」

「お侍さん。何を仰っているのかわかりませんが」

「確かめたいんです」

「何をですね」

「棺桶に亡骸が入っているかどうか」

「冗談でしょう。墓を暴くなんて御法度《ごはっと》。見つかれば……」

「墓を暴くんじゃありません。確かめるだけです」

「そんなの屁理屈だ」

「しかし、亡骸のない墓を守っているのかもしれませんよ。ほんとうに亡骸があるのかどうか、知りたいと思いませんか」

「うむ……」

寺男は唸った。

「あなたが手を貸してくれたら見つかる心配はありません」

しばらく押し黙って考えていたが、寺男はふと顔を上げた。

「よし、やってみましょう」

「ほんとうですか」

意外にあっさり引き受けたので、栄次郎はかえって気になった。

「どうして手を貸してくれる気になったのですか」

「じつは妙な気がしていたんです」

寺男は顔をしかめて言う。

「と、言いますと？」

「雨が降ったあとの夜に、ときたま墓地に人魂が浮かぶことがある。だが、あの墓からは人魂は出なかった」

「人魂が……」

「だから、妙に思っていたんだ。仏が二体も並んで埋められているというのに……」

「そうでしたか」

「五つ（午後八時）過ぎまで待ってくれますか」

「ええ、構いません」

栄次郎と新八は上がり框に腰を下ろして時の経過を待った。

五つを過ぎてから、遠くから気づかれないように、寺男は提灯を黒い布で被《おお》い、鍬《くわ》と鋤《すき》をもって、墓地に向かった。

土饅頭の場所に着くと、栄次郎が提灯を持ち、寺男と新八が鍬と鋤をそれぞれ手にして土を掘り出した。

どんどん土饅頭が崩れ、平らになり、さらに土が掘り起こされていく。

やがて、鍬がかちんという音を立てた。栄次郎は提灯を向ける。座棺の蓋《ふた》が見えた。

寺男がしゃがんで土をどける。

棺桶を縛ってある縄を切り、蓋をこじ開けた。栄次郎は明かりを差し向けた。

棺桶の中は石だった。

「やはり……」

栄次郎は呟いた。

「こっちも調べますか」

新八がきいた。

「いえ。調べるまでもないでしょう。同じです。さあ、元に戻しましょう」

栄次郎は促した。

再び蓋をし、その上に土をかけていき、もとのような土饅頭にした。

「どういうわけですかえ」

寺男が憤然とした。

「亡骸の身許を隠したかったのでしょう。本物の亡骸はちゃんと菩提寺に運ばれたはずです」

「住職に訴えたほうがいいでしょうか」

寺男がきく。

「言っても信じてもらえないかもしれません。まさか、墓を暴いたとは言えないでしょうから」

「じゃあ、このままで？」

「ええ、そのままにしておくのがいいでしょう。いつか、明らかになると思いますから」

「仕方ないですね。でも、もうあの土饅頭に花を供える必要もないのですから、気が楽になりました」

寺男は呆れたように呟いた。

これで、殺されたふたりは御庭番だと確信した。

夜が更け、さらに寒さは厳しくなっていた。

五

翌朝、小石川の天正寺に向かった。

もはや殺されたふたりは御庭番に間違いない。だが、そのことを南町与力の芝田彦太郎に訴えても無駄だ。墓を暴くという御法度を犯したことが差し障りになる。それ以外に証がなければ奉行所を動かせない。いや、御庭番だからこそ、奉行所は動けないのだ。

山門をくぐり、境内で掃除をしている寺男の喜平を見つけ、近付いて行った。喜平も栄次郎に気づいて、箒を持つ手を休めて見ていた。

「たびたびすみません」

栄次郎は謝《あやま》ってから、

「又五郎という男をご存じありませんか」

「又五郎……。いえ、知りません」

喜平は否定してから、

「やはり、弥三郎絡みですか」

と、きいた。

「ええ、三十過ぎの遊び人ふうの男ということです」

「塚本家の再興など叶うはずないとはっきり否定したので、弥三郎は私を相手にしませんでした。それに、私は若くないし、頼りにならないと思っていたのでしょう。ひとりでいろいろやっていたようですが、弥三郎は私には何も話してくれませんでした」

「そうですか。小平次とのことも喜平さんには話していないのですね」

「ええ」

喜平がほんとうのことを話しているのかどうか、栄次郎にはまだわからなかった。喜平とてかつての主人の墓守をしている。弥三郎と同じ忠義に篤《あつ》い男なのだ。だから、弥三郎と同じ志《こころざし》を持っていたのではないかと思ったりするが、喜平は本性を現さなかった。

「久保田伊右衛門さまのご家来に小平次はいないでしょうか」

久保田伊右衛門は塚本源次郎の姉春野が嫁いだ相手だ。伊右衛門と春野の間にはふたりの男の子がいる。塚本家の再興がなれば、その家をひとりに継がせることが出来るのだ。

「矢内さま、春野さまが我が子を継がせたいために塚本家の再興を望んでいるとお考えのようですが、それは少し違うでしょう」

喜平は眉根を寄せて言う。

「違うというのは？」

「春野さまも久保田さまももっと格上の家への養子を望んでいるようです。仮に、塚本家が再興になっても我が子を継がせないでしょう」

「でも、春野さまにとっては塚本家は実家ではありませんか。実家を再興したい気持ちは持ち合わせていたのではありませんか」

「さあ、どうでしょうか。もはや、春野さまは久保田家の者として……」

「でも、源次郎さまのお墓参りには来ているのでは？」

「それは兄上ですから」

これ以上、話を続けてもかみ合わないと思い、栄次郎は話を切り上げた。

喜平と別れ、栄次郎は天正寺の山門を出た。

本郷菊坂町《きくざかまち》を過ぎ、本郷の屋敷には戻らず、そのまま湯島の切通しに出る道に入った。加賀前田家の上屋敷横を歩いていると、背後に追って来る足音がした。栄次郎は立ち止まって振り返った。

若い武士が駆けて来て、栄次郎の前で足を止めた。

「矢内栄次郎どのですね」

若い武士は息せき切って言う。兄栄之進と同い年ぐらいで、眉毛が濃く、鼻筋が通っている。栄次郎はふと気がついた。

「香月千之助さまですか」

「いかにも、香月千之助です。はじめまして」

千之助は呼吸も落ち着き、

「本郷のお屋敷にお伺いするところに、栄次郎どのの姿をお見かけし、つい追いかけて来てしまいました」

「そうですか」

「ぜひ、栄次郎どのにお近付きになりたくて、岩井文兵衛さまにお願いしたのです」

「なぜ、そうまでして私のことを?」

「三味線弾きでもあるとお聞きし、ますます興味を惹かれまして」

「たいしたことはありません」

「でも、市村座に出たりしているそうではありませんか」

そう言ったあとで、

「こんなところで立ち話もなんですね」

と、千之助はあわてて言い、

「また改めてお目にかからせていただきたいのですが」

と、申し入れた。

「私はいつも浅草黒船町のお秋というひとの家におります。そこに訪ねて来てくださ い」

「浅草黒船町のお秋さんですね。わかりました。それでは」

千之助は来た道を戻って行った。

再び、栄次郎は歩きだす。弥三郎が御庭番のふたりを殺すことに手を貸したのはもはや間違いないことだ。その見返りが塚本家の再興だ。弥三郎が死んだ今、その見返りが果たせられるかどうか、その見届け役が小平次に違いない。

小平次を見つけさえすれば事件の真相を明らかに出来るだろう。そんなことを考えながら、栄次郎は湯島の切通しから御徒町を突っ切って元《もと》鳥越町にやって来た。

師匠の家の戸を開けると、大工の棟梁《とうりよう》の唄声が聞こえた。味のある声だ。部屋に上がると、三十過ぎで細面で目の大きな男が火鉢の前にいた。入門仕立ての政吉だ。

「これは吉栄さん」

政吉は栄次郎を名取の名で呼んだ。

「どうも、先日は」

栄次郎は挨拶をし、

「いかがでしたか、稽古を受けて？」

と、きいた。

「いや、声が思うように出ません。やはり、難しいものですね」

「すぐ馴れますよ」

「そうですかね」

政吉は微笑《ほほえ》んでから、

「吉栄さんは三味線のほうなんですね。いつか、吉栄さんの糸で唄えるようになりたいものです」

棟梁が稽古を終えて、戻って来た。

「政吉さん、どうぞ」

「はい。では、お先に」

政吉が栄次郎に会釈をして立ち上がった。

「吉栄さん、久しぶりだね」

棟梁が言い、政吉が座っていたところに腰を下ろした。

「棟梁、いつもながら、渋い声ですね。聞きほれます」

「おだてたって何も出ないよ」

満更でもない顔つきで棟梁は言った。

それからしばらくして棟梁は引き上げ、下駄屋《げたや》の隠居がやって来た。隠居と世間話をしていると、政吉の稽古が終わった。政吉と入れ代わって師匠の前に行った。

見台の前に座り、栄次郎は三味線を手にした。師匠はじっと栄次郎の手元を見ていた。

「まず、今度の舞台の越後獅子をやってみましょうか」

「はい」

栄次郎は撥《ばち》を構え、息を整えてから弾きはじめた。師匠は目を閉じて聞いていたが、弾き終えたあと、目を開けた。

「吉栄さん。音に乱れがあります」

師匠の鋭い声に、栄次郎ははっとした。

「申し訳ございません」

「何か心に屈託があればそのまま音の曇りと乱れになって現れます。吉栄さん、きょうはここまでにしておきましょう」

「はい」

栄次郎は素直に従い、師匠の前から下がった。

部屋に戻ると、隠居と政吉が火鉢を囲んでいた。

「ご隠居、どうぞ」

「吉栄さん、もういいのかえ」

「ええ」

「では」

隠居はおもむろに立ち上がった。

「政吉さん、まだお帰りには？」

「はい。吉栄さんの三味線を聞きたくて」

「それはご期待に添えず」

栄次郎は謝り、

「お帰りになりますか」

と、きいた。

「ええ。途中までごいっしょしてよろしいですか」

「どうぞ」

栄次郎は応じ、土間に下りた。

戸を開けたとき、ちょうどふたりの弟子がいっしょに入って来た。ふたりに会釈をして、栄次郎と政吉は師匠の家をあとにした。

「吉栄さん、お訊ねしてよろしいですか」

鳥越神社の脇を通りに向かっていると、政吉が遠慮がちにきいた。

「どうぞ」

「なぜ、稽古を中断されたのですか」

「じつは私の心の乱れを見ぬかれて、これでは満足な稽古が出来ないとだめを出されたのです」

栄次郎は苦笑して言う。

「心の乱れ？」

「ええ、ちょっと気になっていることがあって」

「そんなこと、師匠はわかるんですか」

「ええ、自分では考えているつもりはないのですが、三味線の音に現れるようで、必ず指摘されます。これまでにも何度もあります」

「信じられません。三味線を弾いていたのは吉栄さんですよね。最初は師匠が弾いているのかと思いました。あの音から心の乱れがわかるなんて」

政吉は感嘆した。

「ええ、厳しく恐ろしい師匠です」

栄次郎は頷きながら言う。

「ほんとうですね」

政吉は目を瞠《みは》りながら、

「でも、吉栄さんの心の迷いってなんなんですか」

と、きいた。

「迷いというより、考え事です。ちょっと引っ掛かっていることがありましてね」

「吉栄さんにもそういうことがあるのですね」

政吉は目を細めたが、

「もし、あっしで何かお役に立てることがあったら、遠慮なく申し付けてくださいな」

「ありがとうございます」

「じゃあ、あっしはこっちなので」

そう言い、政吉はまっすぐ進み、栄次郎は蔵前のほうに向かった。

それから四半刻（三十分）後、栄次郎は浅草黒船町のお秋の家にいた。

二階の部屋の窓から大川を見る。御厩《おうまや》の渡《わた》しの渡し船が川の真ん中に差しかかっていた。波が高く、船は揺れているようだ。

気がつくと、小平次のことを考えていた。

小平次は弥三郎から頼まれ、瀬尾伊勢守が塚本家の再興に力を貸すかどうかの見届け役を請け合ったのではないか。

弥三郎から頼まれたからではなく、塚本家の再興は小平次自身の問題でもあったと考えたほうがいいかもしれない。

だとしたら、小平次は塚本家に関わっている人物だ。あるいは、久保田伊右衛門の家来か。

その辺りを探れば、小平次が見つかるかもしれない。

「栄次郎さん」

お秋の声がして襖が開いた。

栄次郎は振り返る。

「芝田さまがお見えです」

「芝田さまが？　すみません、ここにお通し願えますか」

「はい」

お秋は階下に行き、しばらくして彦太郎がやって来た。

「邪魔をする」

「どうぞ」

栄次郎は彦太郎と差し向かいになった。

「芝田さま。今日は何か」

人質立て籠もり事件が終結ということになり、もう会うことはあるまいと思っていたので、栄次郎は彦太郎の用件が気になった。

「小平次のことだ」

彦太郎が口にした。

「小平次のこと？　何かわかったのですか」

「うむ。塚本源次郎の屋敷に出入りをしていた小間物屋が小平次という男だった」

「出入りの小間物屋ですか」

「うむ。弥三郎と同い年で、塚本さまにはよくしてもらったようだ」

「で、小平次は今どこに？」

「根津《ねづ》遊廓の『新香楼《しんかろう》』という店で客引きをしているそうだ」

「客引き？　小間物屋は？」

「博打《ばくち》に熱くなっていたらしい」

「そうですか。でも、小平次を探してくれたのですね」

栄次郎は礼を言った。

「そなたの頼みを蹴ったことが気になってな。それで、同心に調べてもらったのだ。だが、俺が出来るのはここまでだ」

「助かりました」

「それだけだ。邪魔した」

「あっ、芝田さま」

立ち上がりかけた彦太郎を呼び止めた。

「何か」

彦太郎は再び腰を下ろした。

「殺されたふたりの亡骸を、『秋田屋』の主人が万福寺に納めたということでしたね」

「そうだ。おそらく、上からの依頼を受けてのことであろう」

「その墓に、どなたもお参りに来ていないようです」

「…………」

「ひそかに身内が墓参りに来ているものと思っていましたが、それもないようです」

「どういうことだ？　身内にも墓のことを教えていないのか」

彦太郎が不審そうに言う。

「いえ」

「どういうことだ？」

「万福寺に土饅頭がふたつ並んで出来ていました。でも、土の下に亡骸はありません」

「なに？」

「亡骸は最初からなかったか、早い段階で掘り起こされ別の場所に移されたか。いずれにしろ、それぞれの家の菩提寺に納められているはずです」

「どうして亡骸がないとわかるのだ？　勝手な憶測で物を言っているなら……」

「勝手な憶測ではありません」

「………」

「じつは墓を調べてみました」

「なんと」

彦太郎は混乱したように顔を歪め、

「墓を暴いたのか」

「はい。座棺の中は石でした」

「墓暴きは重罪だ」

「埋め直しましたから、その痕跡はありません」

「なんと大胆な」

彦太郎は呆れ返ったように言う。

「はっきりさせたかったのです」

栄次郎は言い切り、

「『秋田屋』の主人に会ってみようと思っています。墓が空《から》だとは認めないでしょうが、それでもそのやりとりから何か手掛かりが得られるかもしれません」

「うむ」

「話の成り行きで、シロクロつけるために墓を暴こうということになったら、手を貸していただけますか」

「『秋田屋』の主人からの申し入れであればなんとかなるかもしれないが、まあ無理であろう」

「そうですか」

「矢内どのはあくまでも探索を続けるつもりか」

「はい。弥三郎の馬上からの訴えが脳裏を離れないのです。命をかけた弥三郎の思いがどうなるのか見届けたいと思っています」

「奉行所に期待しないほうがいい」

「わかっています」

「もうそなたに頼まれたことはないな」

そう言い、彦太郎は立ち上がった。

「無理するな」

「はい」

栄次郎は階下まで彦太郎を見送った。

小平次がわかった。やはり、喜平は知っていたのだ。いよいよ核心に近付くかもしれないと、栄次郎は勇み立った。

第二章　白虎《びゃっこ》稲荷《いなり》

一

翌朝、栄次郎は不忍池《しのばずのいけ》の西岸を経て、根津にやって来た。

根津権現門前町の惣門《そうもん》を入る。両側に妓楼《ぎろう》が並び、間にはそば屋や荒物屋などの店がある。

泊まりの客は引き上げた頃で、通りも閑散としていた。『新香楼』という遊廓はすぐわかった。

『新香楼』の潜《くぐ》り戸を出て来た男がいたので、栄次郎は近付いて声をかけた。

「こちらに小平次さんがいると聞いて来たのですが」

「小平次さんに用ですかえ」

若い男は困惑したようにきき返す。

「ええ。呼んでいただけませんか」

相手の顔付きを不審に思いながら頼む。

「呼ぶことは構わないんですがね」

男の歯切れが悪い。

「何か」

「じつは一昨日から姿を見てないんですよ」

「姿を見てない……」

栄次郎は胸騒ぎがした。

「最後に小平次さんに会ったのはいつですか」

「一昨日の夜です。客引きをしていたんですが、五つ（午後八時）過ぎにあっしのところにやって来て、ちょっと急用が出来たので代わってくれないかと」

「急用ってなんでしょうか」

「さあ、わかりません。根津権現に向かったようです。誰かと待ち合わせていたのかもしれません」

「それきり、戻って来ないんですか」

「ええ、一昨日の夜は帰って来ませんでした。そして、昨日も……」

男は不安そうに言う。

栄次郎はきいた。

「何かあったんでしょうか」

「あっしもそのことが心配で」

「何か心当たりが？」

「いえ、ただ、最近、顔付きが厳しくなって。あの引回しの罪人を見てからのようです」

「小平次さんは引回しを見に行ったんですね」

「ええ。帰って来たとき、沈んだ顔をしていました」

「そうですか」

「小平次さんは住み込みで働いているんですね」

「そうです」

「小平次さんのところに誰か訪ねて来ることはありましたか」

「ええ、二カ月前まではときたま」

「名前をご存じですか」

「いえ」

「小平次さんと同い年ぐらいの男ですか」

「そうです」

弥三郎に違いない。

「小平次さんの荷物は部屋にあるのですね」

「あります」

「小平次さんが姿を消したあとに小平次さんを訪ねて来たひとはいますか」

「いえ。お侍さんだけです」

「そうですか」

「お侍さんは小平次さんとどのような関係で？」

「私は小平次さんと面識はありません。私の知り合いのことで、小平次さんにお尋ねしたいことがありまして」

「そうですか」

栄次郎が答えたとき、ふたりの男が近付いて来た。紺《こん》の股引《ももひ》きに着物を尻端折《しりはしょ》りした男だ。

「おまえさん、『新香楼』の者かえ」

尻端折りの男がきく。

「へえ、そうです。何か」

「あっしは伝蔵《でんぞう》親分の手下だ。根津権現の裏で、男が殺されていた。どうやら、『新香楼』の客引きの男に似ているんだ。名は知らねえが」

「小平次兄い……」

「小平次っていうのか。念のために、顔を見てもらいてえ」

「小平次さんが殺されたのですか」

栄次郎は思わずきいた。

「お侍さんはどなたで？」

「矢内栄次郎と申します。小平次さんに会いに来たところです」

「そうですかえ」

「今、旦那さまに断ってきますので」

『新香楼』の客引きの男は潜り戸を入って行った。

「根津権現の裏ですね」

栄次郎は確かめて、すぐに向かった。

根津権現の裏手に雑木林があって、その中に三十歳ぐらいの同心と岡っ引きの姿があった。

栄次郎は同心に近付き、

「私は与力の芝田彦太郎さまの知り合いで、矢内栄次郎と申します」

と、名乗った。

「芝田さまの?」

「はい、芝田さまに小平次さんのことを調べてもらったのです。それで、会いに来たところでした」

栄次郎は事情を話した。

「亡骸《なきがら》を見させてもらってよろしいですか」

「芝田さまの知り合いならいいでしょう」

同心は亡骸まで案内してくれた。

栄次郎は合掌《がっしょう》してから、莚《むしろ》をめくった。

土気色《つちけいろ》の顔は大きく腫れ上がっていた。全身に傷があった。拷問を受けた形跡があった。死後ふつかぐらい経っているようだ。

「見ていた者はいなかったのですか」

「おそらく、斬られたのは一昨日の夜だと思われる。見ていた者はいないだろう」

同心は答えてから、

「矢内どのはどういう事情で小平次のことを？」

と、きいた。

「小平次さんは先日処刑された弥三郎と親しい男でした。そのことで、話をききたいと思っていたのです。まさか、こんなことになっていようとは……」

「話をききたいとは？」

同心が問いかけたとき、『新香楼』の客引きの男が駆けつけて来た。岡っ引きが亡骸まで連れて行き、莚をめくった。

「小平次兄い」

男は顔を見るなり叫んだ。

「小平次に間違いないのか」

同心が確かめた。

「間違いありません。小平次兄いです」

「そうか」

同心は複雑な顔をした。

「旦那、どういうことでしょうか」

岡っ引きも不審そうな顔をした。

「矢内どの。さっきの続きだ。小平次から何をききだしたかったか教えてもらいたい」

そう言ってから、

「私は原田徳之助《はらだとくのすけ》、こっちは手札を与えている与平《よへい》だ」

「わかりました。お話ししましょう」

栄次郎は応じ、すぐに説明をはじめた。

「ご存じのように、弥三郎は人質立て籠もり事件の首謀者として処刑されました。奉行所も一件落着としました。ですが、この事件には裏があります」

弥三郎は十年前に廃絶された塚本家の再興を願っていたことから、人質立て籠もり事件の真相まで話した。

「殺されたのが御庭番だというのは間違いないのか」

徳之助がきいた。

「名前はわかりませんが、諸々の状況からして御庭番に間違いないと思います」

「…………」

「弥三郎は塚本家の再興の約束のもとに罪を背負ったのです。その約束を果たすかどうか、その見届け役が小平次だったのです」

「約束の相手は？」

「はっきりした証《あかし》があるわけではありませんが、瀬尾伊勢守です。もちろん、直接の相手はご家中の者でしょうが」

「…………」

徳之助は押し黙った。

「奉行所は殺されたのが御庭番で大名家が絡んでいるということで手が出せない。それで、人質立て籠もりの残りの賊が見つからないまま、弥三郎ひとりに罪を押しつけて事件を落着させたのです」

「うむ」

徳之助は唸った。

「原田さま」

栄次郎は声を潜め、

「瀬尾家家中の者は弥三郎との約束を破ったのです。そのために小平次は殺されたのではないかと、私は考えています」

「瀬尾家だという証はあるのか」

徳之助が鋭くきく。

「ありません。ですが、下手人《げしゅにん》は瀬尾家家中の者と繋がっている者です」

「しかし、なぜ、小平次を殺したんですね」

岡っ引きの与平がきいた。

「小平次など無視すればよかったのでは？」

「塚本家再興をちゃんとやるかの見届けですから、瀬尾家が何もしなければ、真相を暴露するつもりだったのだと思います。おそらく、弥三郎が認《したた》めた書付を小平次が持っていたと思われます」

「では、その書付を奪われた？」

「小平次を拷問していますが、白状したかどうか」

栄次郎は首を傾げ、

「念のために、『新香楼』で小平次の荷物を調べてみたらいかがでしょうか」

「よし」

徳之助は与平に顔を向けた。

「へい。これから行ってみます」

与平は手下といっしょに『新香楼』に向かった。

栄次郎は辺りを見回した。

「この辺りは夜ともなると人通りは絶えるのでしょうか」

「遊廓で遊んで帰る客がいる。だから、ときたまひとは通るだろう」

「そうだとすると、ここで拷問を加えていたらひと目につくかもしれませんね」

「別の場所で拷問を加えたか」

徳之助の目が鈍く光った。

「それほど遠くではないな。この近辺に下手人の隠れ家があるのかもしれぬ。当たってみよう」

それからしばらくして与平が戻って来た。

「旦那。小平次の荷物にそれらしいものはありませんでした」

「そうか」

「ただ、数日前に、奉公人の寝泊まりする部屋に泥棒が入ったそうです」

「なに、泥棒？」

「ええ、怪しい男が逃げて行くのを女中が見ていました。盗られた物はなかったようですが」

「小平次の荷物を調べたのかもしれませんね」

栄次郎が口を入れた。

「書付を探していたか」

徳之助が眉根を寄せた。

「見つからなかったので、小平次さんを呼び出して拷問したのでしょう」

栄次郎は想像した。

「おそらくな」

「では、私はこれで」

栄次郎が引き上げようとすると、

「矢内どのの住まいを聞いておきたい」

と、徳之助が言った。

「昼間は浅草黒船町のお秋というひとの家におります」

「あいわかった」

徳之助が頷き、

「改めて、話をききに行くかもしれぬ」

と、言った。

「わかりました」

栄次郎は根津権現の裏手から引き上げた。

不忍池に出てから、改めて小平次が殺されたことに思いを馳せた。

もっと早く小平次を探し出しておけばと後悔した。

敵は小平次から書付の在り処をきき出したのだろうか。それとも、白状する前に息が絶えたのか。

書付は敵に渡っていないような気がする。いったい、小平次はどこに隠したのか。誰かに預けているのか。

二

ふつか後、お秋の家に同心の原田徳之助と岡っ引きの与平がやって来た。

栄次郎はふたりを二階の部屋に通した。

「芝田さまから矢内どののことは詳しく伺った。あの人質立て籠もりのとき、芝田さまといっしょに敵と闘ったと」

「ええ、芝田さまとはそれからの縁です。で、小平次殺しで何か手掛かりは?」

「根津権現の裏手にある千駄木町《せんだぎちょう》に空き家がありました。そこに、ひとが入り込んだ形跡がありました。おそらく、そこで拷問をし、死んでしまったので亡骸を雑木林の中に棄《す》てたのだと思います」

与平は続ける。

「近所の者の話では、夜にときたま空き家から明かりが漏れていたことがあったそうです。また、数人の遊び人ふうの男が出入りするのを見ていたと」

「そうですか」

「数人の遊び人ふうの男というのは何者なのか」

徳之助がきく。

「おそらく、人質立て籠もり事件の仲間ではないかと思います」

「弥三郎の仲間ということか」

「ええ。ですが、弥三郎はその連中に手を貸しただけ。いえ、その連中は弥三郎を利用したのです。その連中は瀬尾家の家中の何者かと繋がっているのではないかと思います」

「うむ」

徳之助は呻くように、

「瀬尾家か……」

　と、顔を歪め、

「瀬尾家の奉公人かもしれぬな。中間《ちゅうげん》とか」

「はい。それは十分に考えられます」

「なかなか手が出せぬ」

　徳之助はため息をつき、

「矢内どのに何か考えは？」

　と、顔を向けた。

「書付です」

　栄次郎ははっきり言う。

「敵が書付を手に入れたら、もうそれまで。でも、書付がまだ渡っていないとしたら、敵は探すでしょう。小平次の周辺を……」

「小平次の周辺を探る者がいるかもしれぬな」

　徳之助が思案気に眉を寄せて言う。

「書付はほんとうにあるんですかえ」

　与平が疑問を口にした。

「あるはずです。弥三郎は塚本家の再興をかけて御庭番殺しに手を貸したのです。その約束を守らせるための方策は必ずとっているはずです」

「そうですね」

与平は素直に頷いた。

「ともかく、小平次と親しい者を探ってみよう」

徳之助が力強く言った。

「原田さま」

栄次郎は呼び掛けた。

「奉行所は人質立て籠もり事件は落着したとしているはずです。それなのに、原田さまは人質立て籠もり事件と絡めてお考えになっています。どうしてでしょうか」

「奉行所が決めたことがすべて正しいとは限らない。これは芝田さまのお言葉だ。芝田さまは矢内どのの手を借りて探索せよと」

「芝田さまが……。そうですか」

栄次郎は心の中で彦太郎に頭を下げた。

「では」

徳之助と与平は立ち上がった。

栄次郎も階下までふたりを見送った。

ふたりが外に出てから二階に戻ろうとしたとき、戸口に新たな人影が現れた。

土間に入って来て、

「矢内どの」

と、武士が声をかけた。

眉毛が濃く、鼻筋が通っている。

「香月さま」

香月千之助だ。

「お言葉に甘えて訪ねて来てしまいました。ご迷惑では」

「とんでもない。さあ、お上がりください」

栄次郎は千之助を二階の部屋に招じた。

向かい合って、千之助が不審そうにきいた。

「さっき擦れ違ったのは八丁堀の同心と岡っ引きでしたね。何かありましたか」

「ええ、ちょっと」

「何があったのですか」

千之助は身を乗り出した。

「殺しです。たまたま、私もその場に居合わせたので、いろいろ話を……」

「殺しですか」

千之助は顔をしかめ、

「下手人はわかったのですか」

「いえ。まだです」

「そうですか」

千之助はため息をついた。

「失礼します」

襖が開いて、お秋が茶を運んで来た。

「これは恐縮です」

千之助は頭を下げた。

「香月さまはどうして私のような者に？」

「岩井文兵衛さまから矢内どのの話をお聞きし、一度お会いしたいと思ったのです」

「ほう、なぜでしょうか」

「私は部屋住《へやずみ》でした。縁あって、香月家に婿《むこ》養子に入りましたが、いまだに岳父が現役でおりますので、お役にはついておりません」

茶をすすってから、千之助は自分のことを話した。

「ですから、実家での部屋住暮しと大差ありません。ただ、いずれ岳父も隠居をするでしょうから、それまでの辛抱と心得ています」

「同じ部屋住ということで？」

栄次郎は苦笑してきく。

「それだけでなく、岩井さまからお話を聞きまして」

千之助はお容の父織部平八郎の依頼で、栄次郎に会いに来たのではないかと思っている。

織部平八郎は栄次郎に何かの不安を感じているのだろうか。それとも大御所治済の子であることがどの程度利用出来るかを見定めようとしているのか。

千之助は三味線に目を向け、

「矢内どのは三味線弾きだとお伺いいたしました。ここで三味線の稽古を？」

と、きいた。

「ええ、屋敷では母が厳しいので出来ませんので」

「もし、妻帯されたらいかがなさるのですか」

「私はいずれ武士を捨てて三味線弾きになりたいと思っています」

「武士を捨ててですか」

千之助は目を瞠《みは》り、

「そこまでして三味線弾きに」

「ええ」

だから、お容どのにもそうお伝えをと、内心で思った。

「武士のままでは出来ませんか」

「ゆくゆくは難しくなると思います。そうなると、三味線を捨てざるを得なくなります。それは本意ではありません」

「あくまでも三味線弾きにこだわると？」

「ええ」

「でも、矢内どのは田宮流居合の達人だとか。剣と三味線はいかがでしょうか」

「武士から離れるとき、剣は捨てます」

「でも、岩井さまからお聞きしたところでは、矢内どのは無類のお節介焼き。ひとが困っているところに出くわせば見捨てておけない性分とか」

「亡き父の影響です」

「亡き父？」

「矢内の父です。私には矢内の父しかおりません」

大御所治済の子であることは一切考えていないと遠回しに言った。織部平八郎がそのことを栄次郎に期待をしているなら無駄だと告げてもらいたいと思った。

「そうですか」

千之助は大きく頷き、

「お節介焼きの性分なら、たまたま殺しの現場に居合わせただけでも首を突っ込んでしまいますね」

「ええ、まあ。自分でもお節介が過ぎるかもしれないと思っているのですが、こればかりはどうしようもありません」

千之助が織部平八郎の依頼で会いに来ているのであれば、お容どのの婿にふさわしくないと判断してもらいたいのだ。

「では、現場に居合わせたという殺しの件で、矢内どのは下手人の探索も？」

「それは奉行所のやることです」

「でも、手を貸したりするのでありませんか」

「そうですね」

「誰が殺されたのですか」

「根津遊廓で客引きをしている男です」

「客引きですか。金目当ての犯行とも思えませんね。客引きが殺されるほど恨みを買ったのでしょうか」

千之助は目の色を変えた。

「矢内どの。もし、よろしければ私に矢内どののお手伝いをさせていただけませんか」

「手伝い？」

「なんでも構いません。ひと探しだろうが、なんでも」

「なぜですか」

「ひとつには暇を持て余しているということもありますが、矢内どののお人柄にもう少し触れたいのです。いかがでしょうか」

「しかし、手伝ってもらうようなことは特には……」

「そうですか。では、もしそういう事態になったらぜひお声掛けください」

「わかりました。そのときは」

栄次郎は軽く頭を下げた。

「あまり、長居しては御迷惑でしょうから、私はこれで」

千之助は腰を浮かし、

「また、お伺いしてよろしいでしょうか」

「はい、いつでも」

栄次郎はそう答えたが、内心では気が重かった。

栄次郎に近付くことで何を得ようとしているのか。千之助の狙いがわからない。

階下まで見送った。

「それではまた」

千之助は挨拶をして土間を出て行った。

いったい、何しに来たのだろうか。また、来るつもりなのか。栄次郎は千之助のことを考えていた。

「栄次郎さん。どうしたんです、いつまでも突っ立っていて」

お秋の声に、栄次郎ははっとした。

「いえ、なんでも」

「近頃、いろんなひとが会いに来ますね」

お秋が言う。

「たまたまですよ」

栄次郎はそう言い、二階に戻った。

栄次郎は窓辺に立ち、障子を開けた。今日の大川は波が静かだ。屋根船がゆったりと横切って行く。

小平次が殺された。だが、書付が敵の手に渡ったとは思えない。ほんとうに小平次は書付を持っていたのだろうか。

弥三郎は自分が死んだあとのことを考え、小平次にあとを託した。瀬尾家が塚本家の再興を図ろうとしなければ、書付をしかるべきところに届けると、小平次が脅していたのであろう。

だから、瀬尾家は小平次を殺し、書付を奪おうとしたのだ。しかし、小平次は書付を持っていなかったのでは……。

喜平ではない。弥三郎が好いていた料理屋の女おとよでもない。他の誰かに預けたとしたらそれは……。

又五郎では……。

おとよが弥三郎と伊勢町堀を歩いていて目の前を横切った男を見て、弥三郎は又五郎と口にしたという。

又五郎が弥三郎に手を貸しているとは考えられないか。又五郎は三十過ぎの遊び人ふうの男だという。

栄次郎は障子を閉め、刀を持って部屋を出た。

階下に行き、お秋に声をかける。

「ちょっと出かけてきます。夕方にいったん帰って来ます」

栄次郎は土間を出た。


半刻（一時間）後、栄次郎は北森下町の幸兵衛店に着いた。

とば口から二軒目のおとよの家の前に立ち、腰高障子を開けて声をかけた。

ちょうど土間におとよが立っていた。

「あら、矢内さま」

「すみません、勝手に押しかけて」

「いえ、じつは私も矢内さまのところに行こうか迷っていたのです」

「何かあったのですか。ひょっとして又五郎のことで？」

「はい」

「又五郎に会ったのですか」

「会いました」

「どこで？」

「それがここにやって来たんです」

「ここに？」

「はい。昨日、いきなりここにやって来たんです。あっ、ここでは」

　おとよはあわてて部屋に戻り、

「どうぞ」

　と、上がるように勧めた。

「いえ、私はここで」

　栄次郎は腰から刀を外し、上がり框《かまち》に腰を下ろした。

「それで」

　栄次郎は先を促した。

「昼間、ここにやって来て、弥三郎の知り合いの又五郎だと名乗りました。弥三郎さんが処刑されたあと私を探したということでした」

　おとよは続ける。

「私のことは弥三郎さんから聞いていたそうです」

「どんな用だったのですか」

「弥三郎さんから小平次という男のことを聞いたことはないかと」

「小平次ですって」

「はい。すぐ、矢内さまからきかれた名前だと気がつきました。それで、小平次さんとはどういうひとですかときいたら、何もきかされていないと。ただ、『俺に何かあったら、小平次という男が訪ねて来るはずだったが、いっこうに現れない』と言ってました」

「では、又五郎は小平次を探しているんですね」

「そうです。私は弥三郎さんからは聞いたことはないが、別のお方からきかれたことがあるというと、それは誰かときかれたのですが、教えていいものか迷いまして。そしたら、ぜひそのお方に引き合わせてくれと。それで、そのお方に確かめてから教えると……」

困惑したようにおとよは眉根を寄せた。

「そうでしたか」

栄次郎はどうしても又五郎に会わねばならないと思い、

「又五郎さんの住まいはわかりましたか」

と、きいた。

「はい。霊岸島《れいがんじま》の本《ほん》八丁堀五丁目だそうです。翫右衛門店《がんえもんだな》に住んでいるそうです」

「本八丁堀五丁目の翫右衛門店ですね。わかりました。これから行ってみます」

栄次郎は立ち上がった。

「矢内さま。小平次さんは見つかったのでしょうか」

おとよがきいた。

「見つかりましたが……」

栄次郎は表情を曇らせた。

「何か」

「いえ、なんでもありません」

殺されたことまで言う必要はないと思った。

「ほんとうになんでもないんですか。じつは、又五郎さんは何かあったのではないかと心配していたのです」

おとよは熱心にきいた。

「じつは殺されていました」

栄次郎は思い切って口にした。

「…………」

　おとよは絶句した。

「では、失礼します」

「待ってください」

　おとよがあわてて呼び止める。

「どうして殺されたのですか。弥三郎さんのことと何か関係があるのですか」

「まだ、はっきりわかりません」

「…………」

　おとよは疑わしそうな目つきをした。

「何かわかったらお知らせにあがります」

　栄次郎はそう言い、土間を出た。

三

　栄次郎は永代橋《えいたいばし》を渡り、日本橋川《にほんばしがわ》を越えて霊岸島に入り、そのまま南に向かい、京橋川に沿った本八丁堀五丁目にやって来た。

　木戸番屋で場所をきき、甃右衛門店に向かった。西陽が射してきた。手を翳《かざ》しながら長屋木戸を見つけ、栄次郎は路地に入った。

井戸で大根を洗っている女がいた。

「すみません。又五郎さんの住まいはどちらでしょうか」

栄次郎は声をかける。

「一番奥ですよ」

「ありがとうございます」

礼を言い、一番奥に向かう。

腰高障子の前に立ち、戸に手をかけた。

「ごめんください」

栄次郎は声をかけて戸を開けた。

だが、部屋に人影はなかった。やはり、留守のようだ。戸を閉めて引き上げかけたとき、長屋木戸をくぐって遊び人ふうの男がやって来た。

又五郎ではないかと直感した。相手もふと立ち止まって、こっちを見ていた。

栄次郎は近付き、

「又五郎さんですか」

と、声をかけた。

「へえ、又五郎です」

「私は矢内栄次郎と申します。おとよさんからお聞きして」

「そうですか。どうぞ」

又五郎は自分の住まいに案内した。

栄次郎は上がり框に腰を下ろして、部屋に上がった又五郎と向かい合った。

「又五郎さんは弥三郎さんとはどのような間柄だったのでしょうか」

「賭場《とば》ですよ。そこで何度か顔を合わせているうちに、いろんな話をするようになりました。奉公していたお屋敷がなくなったあと、口入れ屋の紹介でやはり武家屋敷に奉公したようですが、どこも長続きしなかったそうで」

「どうしてでしょう？」

「元のお屋敷のことが忘れられなかったそうです」

「あなたは、弥三郎さんが引回しになったわけをご存じなのですね」

「ええ、人質立て籠もり事件を起こした首謀者だってことですね」

「事件を起こすことを知っていたんですか」

「いや、知りません。ただ、事件を引き起こす前にあっしのところにやって来て、もし自分に万が一のことがあったら、小平次という男が訪ねて来るかもしれない。そしたら、白虎稲荷《びゃっこいなり》の祠《ほこら》だと伝えてくれと」

「白虎稲荷？　白狐ではないのですか」

「いえ。狐《きつね》ではなく虎《とら》だと言ってました」

「そうですか。どこにあるのでしょう？」

「わかりません。きいたら、小平次はわかるからと」

白虎稲荷の祠に証となる書付が隠してあるのだろうか。

弥三郎は二重、三重の防御をしていたのか。小平次に書付の隠し場所は又五郎に聞けと告げたのだ。

「矢内さんは」

又五郎が鋭い顔を向けて、

「弥三郎とはどういう関係なんですね」

「私は人質立て籠もり事件に関わりを持ったんです」

栄次郎はそのときの様子を話した。

「そして、引回しのとき馬上の弥三郎さんは私に、小平次と口の形で伝えたのです。それで、小平次さんを探していたのです」

「で、小平次は見つかったんですかえ。弥三郎があんなことになったあと、いくら経っても小平次はあっしの前に現れないので不審に思って、弥三郎から聞いていたおとよって女のところに行ってみたんです」

「小平次さんは死んでいました。殺されたんです」

「殺された？」

又五郎は目を見開き、

「どうして？」

と、戸惑いながらきいた。

「弥三郎さんがなぜ人質立て籠もり事件を起こしたか、そのわけに想像がつきますか」

「ひょっとして、塚本家の再興……」

「聞いていたんですか」

「弥三郎は酔うと口癖のように言ってました」

「そうですか」

「ほんとうにそのために？」

「そうでしょう。あの人質立て籠もり事件は弥三郎さんが首謀者ではありません。弥三郎さんを利用した輩《やから》がいるんです」

「…………」

「その輩と取引をしたのです。弥三郎さんは人質立て籠もり事件を起こしてある人物を殺す。その代償として、塚本家の再興を図ってもらう……」

「でも、弥三郎は処刑されてしまった。もう、塚本家が再興の約束は破られてしまうのでは？」

「そのことを恐れ、弥三郎さんはことの真相を書き記した書付をどこかに隠したのだと思います。そして、小平次さんに塚本家再興の約束を守るよう交渉してもらおうとしたのです」

「…………」

「もし、相手が約束を反故《ほご》にしたら、書付を公にすると脅していたのでしょう。だから、相手は小平次さんを殺したのです」

「そういうことですかえ」

又五郎は顔をしかめ、

「相手って誰なんですかえ」

「しかとした証があるわけではありませんので、今はまだ相手の名は……」

栄次郎は首を横に振った。

「そうですか」

「弥三郎さんの書付が見つかれば、すべて明らかになるのです。おそらく白虎稲荷の祠に隠してあるのに違いありません」

「でも、白虎稲荷がどこだか……」

「正式な名ではなく、俗称でしょう。小平次さんは知っているのです。小平次さんが住んでいた場所を辿ればわかるかもしれません」

「探してみます」

又五郎が息張って言った。

「又五郎さん。ちょっと気になることがあるんです」

「なんでしょう」

「小平次さんは拷問を受けたようなんです。書付の在り処を白状させようとしたのでしょう。白状しないまま息が絶えたのか。それとも白状したのか」

「…………」

「白状したとしたら、あなたの名を出したかもしれません」

「あっしが狙われると？」

「ええ」

「上等です。襲って来たら、反対にとっつかまえてやります」

又五郎は不敵な笑みを浮かべた。

「無理をしてはいけません。相手は侍かもしれません」

「侍？」

「ええ」

「ひょっとして、相手は旗本か大名ですね。塚本家の再興を図ることが出来るとしたらそれなりのお屋敷……」

又五郎は厳しい顔をした。

「ともかく無茶をしないでください」

「へえ」

「何かあったら私に知らせてください。浅草黒船町のお秋というひとの家にいますから」

「わかりました」

「では」

栄次郎は立ち上がった。

浅草黒船町のお秋の家に戻ったときはすっかり夜になっていた。

すでに、崎田孫兵衛が来ていて、長火鉢の前でくつろいでいた。

栄次郎は孫兵衛の前に腰を下ろした。

「崎田さま。お願いがあるのですが」

栄次郎はいきなり切り出す。

「なんだ？」

話の内容がわかったのか、孫兵衛は微《かす》かに眉を寄せた。栄次郎は構わず続けた。

「瀬尾伊勢守さまの屋敷で何か起こっているのではないかと思われるのです。密かに調べられないでしょうか」

「そなたはまだ瀬尾家に疑いを？」

孫兵衛は呆れたように言う。

「はい」

「事件のあと、それとなくきいてみたが、何もなかったのだ」

「ほとぼりが冷めるまで、動きを中断していたのだと思います。弥三郎の処刑により、事件のけりがついたと考え、またぞろ屋敷内が騒がしくなっているのではないかと……」

「だめだ」

孫兵衛は首を横に振った。

「確たる証もなく疑いを向けて騒いでいたら、場合によってはお奉行の首が飛びかねない。あの件は早く忘れることだ」

「しかし、新たな犠牲者が出ました」

「犠牲者?」

「はい。弥三郎と親しくしていた小平次という男が殺されました。小平次は塚本家の再興に手を貸して、弥三郎が処刑されたあと、代わって瀬尾家と掛け合っていたのです。小平次のよりどころは弥三郎が残した書付です」

「待て」

孫兵衛は顔をしかめ、

「いくら想像を働かせようと証がなければ何もならぬ」

「弥三郎が残した書付さえ見つかれば……。瀬尾家のほうはその書付を奪おうと小平次を拷問し……」

孫兵衛がうんざりした顔をしているので、栄次郎は喋るのをやめた。

「崎田さま。もし、証があったら奉行所は動いてくれるのでしょうか。それとも証があろうが、大名家には立ち向かえないのでしょうか」

「諦めて手を引くのだ」

孫兵衛が怒ったように言う。

「それでは人質に擬せられて殺されたふたりが浮かばれません。いや、弥三郎や小平次の無念は計り知れないでしょう」

「…………」

「失礼します」

栄次郎は立ち上がった。

「栄次郎さん、お帰り？」

「ええ」

「夕餉は？」

「久しぶりに屋敷に帰って食べます」

「ごめんなさいね」

お秋が孫兵衛のことを謝った。

「いえ、崎田さまもお奉行の言うことには従わなければならないでしょうから」

栄次郎はあれだけ言っておけば、孫兵衛の胸に何かが突き刺さるだろうことを期待した。この後、事態が動けば、孫兵衛も態度を変えると思った。

お秋の家を出て、御徒町を突っ切って湯島の切通しから本郷に向かった。

屋敷に着くと、母が驚いたように、

「今夜は早いのですね」

と、言った。

「ええ、兄上は？」

「まだですが、直《じき》に戻りましょう」

「そうですか。あっ、母上」

栄次郎は自分の部屋に行きかけて振り返った。

「香月千之助さまにお会いしました」

「そうですか。どんな話をしたのですか」

「最初でしたから、お互いの紹介みたいなものです」

「そう。でも、よございました」

母は千之助が織部平八郎に頼まれて栄次郎に会いに来たのだと信じているようだ。

栄次郎は自分の部屋に入った。

(白虎稲荷か)

思わず呟いた。

おそらく、そこに弥三郎が真相を記した書付が隠されているのに違いない。弥三郎は瀬尾家を心底から信じていなかったようだ。だから、何重もの防護策を講じたのだ。

だが、瀬尾家は弥三郎との約束を反故にした。小平次を殺したことがそれを物語っている。

部屋の外で兄の声がした。帰って来たのだ。

しばらくして、女中が夕餉の支度が出来たと呼びに来た。

勝手口の隣りの部屋に行くと、栄次郎と兄の膳が用意されていた。

兄もやって来て、女中の給仕で夕餉をとった。

食べ終えたあと、

「あとで、部屋に来てくれ」

と言い、兄は立ち上がった。

「わかりました」

栄次郎は応じ、

「ごちそうさまでした」

と、頭を下げた。

いったん自分の部屋に戻り、すぐに兄の部屋に行った。

「兄上、よろしいですか」

「入れ」

「失礼します」

栄次郎は襖を開けて中に入った。

兄と差し向かいになり、

「兄上、ひょっとして香月千之助さまのことですか」

と、きいた。

「そうだ。お美津どのからお容どのに香月千之助どののことをきいてもらった。お容どのは香月どのを知らないそうだ。織部平八郎さまの家来にもそのような者はいないと」

「…………」

「それに、そなたの人柄を他人に調べさせることはあり得ないと、お美津どのも言っていた。お容どのはそなたが舞台で三味線を弾いている姿を見ているのだ」

「そうですね。確かに、香月さまがそのようなことで私に近付いて来るのも妙な話です。私も母上から言われたのでなければ疑うところでしたが……」

「母上は岩井さまから言われたということであったな」

「はい」

「どうやら岩井さまが母上を騙したようだ」

兄は腕組みをした、

「岩井さまはどうして……」

栄次郎は首を傾げた。

「岩井さまが栄次郎に不利になることをするはずはない。だから、そんなに真剣に考えることはないと思うが」

「でも、何かの狙いがあってのことでしょうから」

「そうだ。岩井さまは香月どのをそなたに会わせたかったのだ。狙いはわからぬが」

「香月さまのほうに私に会う必要があったということですね」

「うむ。そもそも香月千之助とは何者なのだ？」

兄は腕組みを解いてきいた。

「私と同じ部屋住で、香月家に婿養子に入ったそうです。その話に偽りはないと思うのですが」

「婿養子か……」

「実家はどこでしょうか」

栄次郎はふとあることに思いが向かった。だが、まさかと思った。

「どうした、何か思いついたのか」

「いえ、そうではありません」

栄次郎は曖昧に否定した。

「今度、いつ会うのだ?」

「近々、会いに来ると思います」

「問い詰めたらどうだ?」

「そうですね、そうします」

栄次郎は言ったあとで、

「兄上、話は変わりますが、白虎稲荷をご存じですか」

「白虎稲荷だと?」

兄は不思議そうな顔をして、

「稲荷は狐だ。そこに虎とは妙な取り合わせだが。白狐稲荷の間違いではないのか」

「いえ。確かに白虎稲荷だと。じつは又五郎という男が小平次が訪ねて来たら白虎稲荷と伝えるように弥三郎から言われていたそうなんです」

小平次が殺された話をして、

「その白虎稲荷に書付が隠してあるのに違いありません」

「聞いたことがない。朋輩に、稲荷に詳しい者がいるからきいてみよう」

「すみません」

栄次郎は頭を下げた。

「それにしても、母上はどういう思いで香月どののことをそなたに取り次いだのだろうか。母上がそこまでしたのは……」

兄は話を戻した。

「そうか。岩井さまは母上に香月どのがそなたに妻帯を勧めるとでも言ったのかもしれないな」

「そうかもしれませんね」

「そうだ。でなければ、母上は取り次ぐまい」

兄は言ってから、

「それにしても岩井さまはなぜ母上を介したのだろうか。岩井さまが直接そなたと引き合わせればいいはずだが」

「……………」

栄次郎はまたもさっき浮かんだ考えを蘇《よみがえ》らせた。

香月千之助が自分に近付く理由は、やはりあのことしかないと、栄次郎は思った。

四

翌朝、空は高く澄んで、遠くからでも伽藍《がらん》の大屋根が望めた。栄次郎は小石川の天正寺にやって来た。

山門をくぐり、境内を見渡す。本堂の脇を通り、墓地のほうに向かう。箒《ほうき》を持った喜平に出会った。

栄次郎は喜平に近付いた。

「喜平さん、たびたびすみません」

「へえ」

喜平は軽く頭を下げた。

「小平次さんの正体がわかりました」

「…………」

「塚本家に出入りをしていた小間物屋だそうです。喜平さんは知っていたのではありませんか」

「いえ、出入りの商人は何人もいましたから名前など覚えておりません」

喜平はあっさり答える。

「そうですか」

喜平が嘘をついているのかどうかわからなかった。

「で、小平次に会えたのですか」

喜平は気にした。

「いえ。会えませんでした」

「どうしてですか」

喜平が不審そうにきいた。

「小平次さん、殺されました」

「えっ」

喜平が息を呑むのがわかった。

喜平はかなりな衝撃を受けたようだ。

「小平次さんを知っていたのですね」

「私が断ったので、小平次を味方にしたのでしょう。もっと強く弥三郎を引き止めておけば」

「小平次さんは拷問されたようです」

「拷問？」

「下手人は小平次さんから証拠の書付を奪おうとしたようです。でも、弥三郎さんは用心深く書付をある場所に隠したのです」

栄次郎は又五郎の話をしたあと、

「白虎稲荷をご存じじゃありませんか」

と、きいた。

「白虎稲荷ですかえ。いえ」

「弥三郎さんから聞いたことはありませんか」

「ありません」

「弥三郎さんはどこかの稲荷を信仰していたことはありませんか」

「聞いたことはありません」

「そうですか」

「白虎稲荷がどうかしたのですか」

「いえ、たいしたことではないので」

栄次郎は挨拶をして引き上げた。

喜平は栄次郎の背中をじっと見つめていた。


栄次郎が湯島の切通しを下ったとき、背後から声をかけられた。

「矢内さま」

栄次郎は足を止めた。

「市助さん」

小間物屋の市助だった。市助によっておとよを知り、又五郎まで辿り着いたのだ。

「この辺りも商売で?」

栄次郎は歩を進めてきく。

「ええ、あちこち行きます」

市助も横に並んだ。

「あちこちですか。じゃあ、いろいろな場所を知っているのでしょうね」

「そんなこともありませんが」

「白虎稲荷というのを聞いたことがありますか」

「白虎稲荷ですかえ」

市助は首を傾げた。

「聞いたことはありませんね」

「そうでしょうね」

「白虎稲荷がどうかしたのですか」

「いえ、たいしたことではないんです」

「あっ」

市助が何か思い出したように声を上げた。

「そういえば、弥三郎さんが妙なことを言ってました」

「妙なこと？」

「ええ、夢に白い虎が現れ、案内されてついて行くとお稲荷さんだったそうです。それで、夢に出て来たお稲荷さんに手を合わせたら、その日、博打で勝ったと」

なるほど、弥三郎はそれでその稲荷を白虎稲荷と勝手に呼んでいたのではないか。

「その稲荷がどこにあるかご存じですか」

「確か、深川だと言っていましたが、詳しい場所はわかりません」

「でも、参考になりしました」

下谷広小路《したやひろこうじ》に出ると、

「では、入谷《いりや》のほうに向かいますので」

と言い、市助が別れて行った。

栄次郎は御徒町を突っ切って浅草黒船町に向かいながら弥三郎が夢に見たという稲荷のことを考えた。

稲荷に手を合わせたら博打で勝ったという。賭場に近い稲荷ではないのか。又五郎は弥三郎と賭場で知り合ったという。

栄次郎は途中で足の向きを変えた。

三味線堀を過ぎ、向柳原《むこう》から神田川にかかる新シ橋《あたらしばし》を渡り、霊岸島に向かった。

それから四半刻（三十分）後に、栄次郎は本八丁堀五丁目の又五郎の住まいに着いた。

腰高障子を開けると、又五郎は部屋の真ん中で煙草《たばこ》を吸っていた。

栄次郎に気づき、又五郎は煙草盆の灰吹《はいふき》に雁首《がんくび》を叩いて灰を落とした。

「いらっしゃいまし」

又五郎が上がり框まで出て来た。

「じつはさっき小間物屋の市助さんに会いました」

市助のことを簡単に説明してから、弥三郎の夢の話をした。

「その稲荷に手を合わせてから賭場に行ったと思われます。白虎稲荷は賭場の近くにあるのではないかと思いましてね」

「賭場の近くですか。賭場は霊巌寺《れいがんじ》の裏です」

「その近くの稲荷ではないか」

「でも、白虎稲荷なんて聞いたことはありませんが」

「おそらく、弥三郎さんが勝手にそう呼んでいるだけではないでしょうか。その稲荷のことは殺された小平次さんは知っていたのでしょう。これから、そこに行ってみようと思います」

栄次郎は気負って言った。

「はあ」

又五郎は気のない返事をした。

「又五郎さん、どうかなさいましたか」

栄次郎は又五郎の様子がおかしいことに気づいた。

「へえ。じつは……」

又五郎は歯切れが悪かった。

「何かあったのですね」

「近頃、外に出ると、誰かに見張られているような気がするんです」

「敵にあなたのことが知られているということですね」

栄次郎は眉根を寄せ、

「小平次さんはあなたのことを喋ってしまったかもしれませんね。又五郎さんを付け狙い、書付を手に入れようとしているのでは」

「ええ」

「わかりました。私がひとりで行ってみます」

「でも」

「だいじょうぶです。詳しい場所を教えていただけますか」

「はい。賭場は霊巌寺の裏の一軒家です。あの周辺に稲荷があったかどうかわかりませんが」

「又五郎さんも十分に気をつけてください」

栄次郎が戸口に向かったとき、

「待ってください。あっしも行きます」

と、又五郎が土間に下り立った。

「やはり、あっしが行ったほうが早く見つけられるはずです。尾行に気をつけて行けば」

「わかりました。では、行きましょうか」

「へえ」

栄次郎は又五郎といっしょに深川の霊巌寺を目指した。


永代橋を渡り、仙台堀を海辺橋《うみべばし》に向かう。何度も、又五郎は背後を気にしたが、つけられている気配はなかった。

海辺橋に出て、小名木川のほうに向かう途中に大きな山門が出てきた。霊巌寺だ。

「こっちです」

又五郎は霊巌寺の脇道を入って行く。裏手は雑木林になっている。そこを抜けると、一軒家が現れた。

「あそこで賭場が開かれています」

又五郎が言う。

「もう一度戻ってみましょう」

栄次郎は引き返す。

霊巌寺の前の通りに出て、小名木川のほうに向かう。弥三郎が両国橋を渡って来たとしたら、小名木川にかかる高橋を渡って来るはずだ。

高橋を渡って竪川に向かう途中が北森下町だ。おとよの長屋がある。やはり、弥三郎はこの道を霊巌寺のほうに向かったと思われた。

ふたりは北森下町から引き返した。

再び高橋を渡る。向こうからやって来た職人ふうの男に、又五郎が声をかけた。

「この近くに稲荷はありませんかえ」

色の浅黒い職人は、

「この先にありますぜ。海辺大工町《うみべだいくちょう》の隅《すみ》です」

海辺大工町は小名木川に沿ってある。

「ちなみに、白虎稲荷とは呼ばれていないですかえ」

「いや、そんな名じゃねえ」

「すまなかった」

又五郎は礼を言い、

「行ってみますかえ」

と、栄次郎に顔を向けた。

「いちおう、見ておきましょう」

栄次郎と又五郎は海辺大工町に入って行った。

やがて、赤い鳥居と赤い幟《のぼり》が見えてきた。ふたりはそこに足を向けた。

赤い小さな鳥居が祠まで幾つも並んでいる。周囲は樹木に覆われ鬱蒼としていた。

祠の前に立った。

狐の土人形が飾られている。祠の周囲をめぐってみたが、書付を隠せるような場所はなかった。

「ここではないですね」

栄次郎は言った。

通りから奥に入る。弥三郎が賭場に行く途中にわざわざここまで来るとは思えない。

それに、根津遊廓に住み込んでいる小平次がこの稲荷を知っているとは思えない。

「もう一度、賭場のほうに行ってみましょう」

栄次郎は赤い鳥居をくぐって通りに出た。

再び、霊巌寺の脇から賭場が開かれる一軒家まで行った。

「この辺りに稲荷の祠でもあるんですかねえ」

そう言い、又五郎は雑木林のほうに足を向けた。栄次郎は一軒家に近付いた。

今は誰もいないようだ。賭場が開かれるときだけ、ひとが集まって来るのか。

そのとき、叫び声がした。又五郎の声だ。栄次郎は声のしたほうに急いだ。

木立を背に又五郎が三人の剣を構えた侍に追い詰められていた。

「待て」

栄次郎は声を張り上げて駆けつけた。侍が振り返った。三人とも袴《はかま》を穿《は》き、黒い布で顔をおおっていた。

「誰に頼まれたのだ?」

栄次郎が問い質《ただ》すと、三人は無言で栄次郎に向かって来た。背の高い侍が上段から斬り込んできた。

栄次郎は腰を落とし、素早く剣を抜いた。下から掬《すく》いあげた剣は振り下ろされた剣を大きく弾き飛ばした。剣は空を飛び、相手はよろけた。そのとき、すでに栄次郎の剣は頭上で一回りして鞘に納まっていた。

右手にいた巨軀の侍が長い剣を振り下ろしてきた。栄次郎は後ろに飛び退《の》いて避ける。が、相手は続けざまに斬り込んできた。栄次郎は右に、左にと避けた。相手がかっとなった。

「頭に血が上っては相手を斬れぬ」

栄次郎は一喝する。

「おのれ」

相手は強引に上段から斬りかかった。栄次郎は居合腰から抜刀し、素早く峰を返して相手の胴を打ちつけた。

うっと呻いて巨軀の侍は数歩先でうずくまった。栄次郎の剣はすでに鞘の中だ。

もうひとりの侍が正眼に構えた。慎重に間合いを詰めてくる。

栄次郎は自然体に立ち、両手をだらりと下げているだけだが、相手の動きが途中で止まった。正眼に構えたまま動かない。

「誰に頼まれたか」

栄次郎はきいた。

再び、相手はじりじり間合いを詰めてきた。栄次郎はまだ立ったままだ。

いよいよ斬り合いの間に入ろうとしたとき、背後から凄まじい殺気が迫ってきた。栄次郎は素早く居合腰になって振り向きざまに剣を抜いた。相手はトンボを切って栄次郎の剣を逃れたが、左の二の腕を切っ先が掠《かす》めた手応えがあった。男はそのまま走り去って行った。男の右手に匕首《あいくち》が握られていた。栄次郎は剣を下げたまま男の後ろ姿を見送った。

目の前の侍が隙を窺って斬りつけてきた。栄次郎は相手の剣を鎬《しのぎ》で受け止めた。相手は渾身の力で押し込んできた。鍔元《つばもと》でかち合い、栄次郎は押し返す。

そのとき、背の高い侍が自分の刀を拾って背後から斬りつけてきた。栄次郎は相手の剣を払い、背後からの剣を弾いて横に跳んだ。

「さっきの男も仲間か」

剣を鞘に納め、栄次郎はきいた。

相手は答えない。

「もはや容赦はせぬ」

栄次郎は左手で鯉口《こいぐち》を切った。相手は後退《あとずさ》った。

そのとき、指笛が鳴った。いきなり、侍たちは逃げだした。栄次郎が追いかけようとしたとき、

「矢内さま」

と、又五郎が樹の陰からよろけながら出て来た。

逃げて行く賊を見送りながら、栄次郎は又五郎に駆け寄った。

「怪我は？」

「ええ、大丈夫です」

改めて追おうとしたが、すでに、賊は姿を消していた。

「奴ら、つけて来たのか」

栄次郎は不思議だった。つけられている形跡はなかったからだ。

「やっぱり、小平次はあっしのことを喋ったんですかねえ」

又五郎は困惑ぎみに言う。

「そうかもしれません。それで、又五郎さんを襲って書付のありかをきき出そうとしたのかもしれません」

栄次郎はそう言ったが、どこかしっくりしなかった。なにかもどかしさを感じたが、それが何かわからなかった。

「あっしのために、奴らに逃げられてしまいました」

「三人の侍は金で雇われた浪人でしょう。たとえ、捕まえても何も知らなかったと思います。ただ、匕首で背後から駆け抜けて行った男が気になります」

ふたりの人質を殺した下手人は相当な匕首の使い手だった。今の男かもしれない。

「弥三郎が言う白虎稲荷はこの辺りではないようですね」

栄次郎は吐息をつき、

「ともかく引き上げましょう」

と、声をかけた。

又五郎は襲われた衝撃が強すぎたのか、帰りは口数が少なかった。

本八丁堀五丁目の長屋に着いてから。栄次郎は言った。

「また、襲われるかもしれません。奉行所に保護してもらうように頼みましょうか。町廻りの原田徳之助さまという同心が……」

「いえ。大丈夫です」

又五郎が制した。

「しかし」

「それに、しばらく友達のところに身を寄せようかと考えています」

又五郎は弱々しそうな声で言う。

「そうですか。そのほうがいいかもしれませんね。でも、居場所を教えてください」

「わかりました。落ち着き先が決まったらお知らせにあがります」

「では」

栄次郎は戸障子の前で振り返った。

又五郎は厳しい顔で栄次郎の背中を見ていた。目が合うとあわてて会釈をした。

再び、戸惑いを覚えた。何か引っ掛かる。そのことに思いを向けながら、栄次郎は浅草黒船町のお秋の家に向かった。

五

栄次郎がお秋の家に着いた頃には、もう夕暮れになっていた。

土間に入ると、お秋が出て来て、

「栄次郎さん、同心の原田さまがお待ちよ。親分さんもいっしょ」

と、伝えた。

「わかりました」

栄次郎は二階に行った。

「お待たせいたしました」

栄次郎は部屋に入ってまず詫びた。

「いや、こっちが勝手に待っていただけだ」

原田徳之助が言い、

「小平次の件だが、あの空き家に出入りをしていた連中を見ていた者がいた。隣りの家に住む隠居だ」

「そうですか」

「頭巾をかぶった侍がひとりと遊び人ふうの男が三人いたそうだ。三人は三十歳から三十五歳の間で、怖そうな印象はなかったという」

「なるほど。武士がいましたか」

　武士は瀬尾家家中の者、そして三人は瀬尾家の奉公人ではないか。さらにその三人は弥三郎といっしょに人質をとって立て籠もった連中ではないか。

　栄次郎はそのことを口にした。

「そうかもしれぬな」

　徳之助も素直に応じた。

「賊は小平次を拷問し、書付の在り処を白状させたのです」

「白状させた？」

「はい、おそらく、小平次は拷問に負けて白状したのです。ただし、小平次は書付の在り処を弥三郎から教えてもらっていなかったのです」

「…………」

「弥三郎は、小平次に書付が必要なら又五郎という男を訪ねろと伝えていたようです。そして、又五郎には小平次が訪ねて来たら白虎稲荷と伝えるように話していたというのです」

「白虎稲荷？」

「はい。ほんとうにそんな名の稲荷があるのではなく、弥三郎と小平次の間ではそう呼んでいた稲荷があるのではないでしょうか」

「そこに、書付を隠したというのか」

「そうだと思います」

「すると、小平次は又五郎に会いに行けと言われたと喋ったのか」

「そうだと思います。じつは、今度は又五郎が襲われました」

栄次郎は昼間の出来事を話した。

「又五郎はこれからも襲われるのではないか」

徳之助が訴えた。

「ええ」

「そんな呑気に構えていていいのか」

「どこかにしばらく匿《かくま》ってもらうと言ってましたから」

「しかし……」

「仮に捕まったとしても、又五郎が知っているのは白虎稲荷ということだけです。白虎稲荷と聞いてどこだかわかるのは小平次だけです。だから、小平次がいなくなった今は、誰も書付を探し出すことは出来ません」

　栄次郎はため息混じりに呟く。

「ということは、敵にとっては幸いなことではないか」

「そういうことになります」

「そうか」

　徳之助は舌打ちしたように顔をしかめた。

「では、もう打つ手はないのか」

「敵はまだ書付を奪おうとしています。そこに活路があると思います」

「そうか。敵は又五郎が隠し場所を知っていると思っているのだ。また襲うだろう。それを利用すればいい」

「しかし、又五郎さんに危険が及びます」

「それは我々が守ればいい。又五郎の住まいを教えてくれ」

　徳之助は息巻いた。

「わかりました。本八丁堀五丁目の甑右衛門店です」

「よし、さっそく行ってみる」

徳之助と与平は立ち上がった。

ふたりが引き上げたあと、栄次郎はまたも考え込んだ。何か、すっきりしない。その正体が摑めぬもどかしさに、栄次郎は思わずため息をついた。


翌日、栄次郎は本郷を出て、湯島の切通しを経て、御徒町を突っ切って浅草黒船町にやって来た。

すると、蔵前のほうからやって来る原田徳之助と与平に気づいた。

栄次郎は立ち止まって待った。ふたりは栄次郎のそばまでやって来た。

「そなたに会いに行くところだった」

徳之助がちょうどよかったと言い、

「昨日、又五郎に会えなかった」

「えっ？」

「長屋にいなかった。隣りの住人が又五郎が出かけて行くのを見たと言った。今朝も長屋に寄ったが、又五郎はいなかった。昨夜、帰っていなかったのだ」

「そうですか」

もう知り合いのところに行ったのか。

「長屋の住人は誰も又五郎のことを詳しくは知らなかった」

「そうでしたか。落ち着き先が決まったら知らせてくれることになっています」

「なら、それまで待とう」

「原田さま」

　栄次郎は声をひそめ、

「敵は瀬尾家家中の者に違いありません。なんとか瀬尾家を調べる手立てはないのでしょうか」

「まっとうには無理だ」

「中間に近付けませんか」

「もし、気づかれたら、大事《おおごと》になる」

　やはり、瀬尾家のことになると及び腰になった。

「小平次殺しの探索から進めていくしかない。それで、瀬尾家家中の者の関わりがわかったら、改めて考える」

「わかりました」

　内心でため息を漏らしながら、栄次郎は応えた。

「では、又五郎から連絡があったら知らせてくれ」

そう言い、徳之助と与平は田原町《たわらまち》のほうに去って行った。

栄次郎はお秋の家に着いた。


二階の部屋で、三味線を弾きながら、又五郎からの知らせを待ったが、陽が翳《かげ》ってきても又五郎から何も言ってこなかった。

襖の外からお秋の声がした。

「栄次郎さん、お客さんです」

「すぐ行きます」

三味線を置いて、栄次郎は部屋を出た。

階下に行くと、待っていたのは又五郎ではなかった。

「香月さま」

香月千之助だった。

「またお会いしに来ました」

「どうぞ」

栄次郎は千之助を二階の部屋に招じた。

差し向かいになってから、

「その後、客引きの男の件はどうなりましたか。下手人は捕まったのですか」

「いえ」

「そうですか」

「その件では続きがありまして」

「続き？」

「客引きの小平次を殺したのと同じ連中が、今度は又五郎という男を襲いまして」

栄次郎はあえてその経緯を語った。

「では、襲った連中はその書付を狙って？」

千之助の目が鈍く光った。

「ええ。そうです。弥三郎は真相を書き記し、塚本家再興の約束を守らせるための切り札にしようとしたのです」

「又五郎は書付の在り処を知っているのですか」

「いえ、又五郎が弥三郎から聞いたのは白虎稲荷とだけ。白虎稲荷がどこかわかるのは殺された小平次だけ」

「なんと」

千之助は目を剝き、

「では、書付の在り処は誰も知らないのですか」

と、憤然とした。

「そういうことになります」

「………」

千之助は歯噛みをした。

その様子を見て、栄次郎は想像が確信に変わった。

「襲った連中は何者なのですか」

千之助が身を乗り出すようにきいた。

「船宿『船幸』に立て籠もった連中です。その首謀者は弥三郎ということになっていますが、陰で糸を引いていたのが……」

栄次郎は言葉を切った。

「誰ですか」

千之助が迫った。

「なぜ、そんなに知りたがるのですか」

栄次郎は口をはさんだ。

「いや、それは……。つまり、単に面白い事件だと」

千之助はしどろもどろになった。

「香月さま」

栄次郎は口調を変えた。

「もう、そろそろほんとうのことを仰っていただけませんか」

「ほんとうのこと？」

千之助は不安そうにきき返す。

「私に近付いた理由です」

「…………」

「香月さまは香月家に婿養子に入ったということでしたね」

「まあ、そうです」

「ご実家はどちらでしょうか」

「…………」

「どうなんですか」

「実家は実家でして」

「香月さま。だいたい想像はついています」

「えっ？」

「人質立て籠もり事件で殺されたひとは香月さまの身内ではありませんか」

「………………」

千之助は大きくため息をついた。

「そうなんですね」

「隠していて申し訳ありません。私の兄は坪井千太郎《つぼいせんたろう》と申します。先日、殺された人質のひとりです」

「御庭番ですね」

「そうです。兄は半年前から任務を帯び、旅に出ていました。もちろん、隠密御用の内容は身内も知らされておりません」

千之助は続ける。

「二カ月前、人質立て籠もり事件が起こり、人質が殺されたと知ったときもまさかそれが兄だとは知りませんでした」

「そのことをどなたからお聞きに？」

「実家には上役から話があったそうです。任務上、秘密にしなければならないということで亡骸の引き取りも出来ませんでした」

「材木問屋の『秋田屋』が亡骸を引き取り、万福寺に埋葬したそうですね。でも、亡骸は万福寺にありません」

「そのとおりです。兄の亡骸は菩提寺に密かに葬られました」

「殺されたもうひとりも御庭番なのですね」

「そうです。ふたり一組で隠密御用を承《うけたまわ》ったようです」

千之助は真剣な眼差しで、

「私は兄が何をしていたのか知りたいのです」

と、訴えた。

「どうして私のことが？」

「人質立て籠もり事件で、矢内どのが探索に加わったと兄の朋輩から聞きました。奉行所から聞き出したそうです」

「岩井文兵衛さまをご存じなのですか」

「矢内どののことは岩井さまにお訊ねすればよいとお聞きして」

「そうですか。そういうことはすでに知られているわけですね」

御庭番は将軍の御用御取次から任務を承るのだ。当然、御用御取次は栄次郎と岩井文兵衛との関係を知っている。

「岩井さまに矢内どののことを相談に行ったら、自分が直《じか》に引き合わせたら勘繰られるのでと仰いました」

「なるほど。それで岩井さまは私の母に……」

「お願いです。矢内どのが摑んでいる事件の背景を教えていただけませんか」

千之助は訴えた。

「わかりました」

栄次郎は語り出した。

「事件は二カ月前に起きました。薬研堀の船宿に賊が押し入り、人質をとって立て籠もりました。首謀者は弥三郎という男で、塚本源次郎を探して連れて来いという要求を突き付けました」

千之助は真剣な顔付きで聞いている。

「連れて来なければ人質を殺すということで、ふたりが選ばれて殺されました。でも、この人質立て籠もり事件はそのふたりを殺すための布石でした。殺す理由を隠すためです。この事件には黒幕がいるのです」

栄次郎は息を継いで続けた。

「弥三郎は十年前に断絶になった塚本家の再興を条件に身を捨てて、黒幕に手を貸したのです」

「黒幕は誰ですか」

「人質立て籠もり事件で押し入った賊の隠れ家が亀戸村《かめいどむら》の五百羅漢寺《ごひゃくらかんじ》の近くにありました。そこから逃げた賊が瀬尾伊勢守さまの下屋敷に入って行ったんです。弥三郎さんにもそのことを問いましした。答えはありませんでしたが、瀬尾家に間違いないと思いました。しかし、確たる証はなく、そうだとは言い切れませんが」

栄次郎は慎重に言う。

「兄は瀬尾家の動静を探っていたのですね」

千之助は呟いた。

「兄上どのは瀬尾家で何が起きているか摑んだのです。そのことに気づいた瀬尾家では兄上どのの暗殺を図った。ただ、そのまま殺せば、疑いが瀬尾家にかかる。それで、塚本家の再興を願う弥三郎さんを利用して人質立て籠もり事件を起こしたのでしょう」

栄次郎は自分の考えを述べた。

「ですが、瀬尾家に何があったのかまったくわかりません」

「矢内どのはどうしてこの件をいまだに追い続けているのですか」

「引回しのとき、裸馬から弥三郎さんが私の顔を見て、何かを必死に伝えようとしていたのです。弥三郎さんは小平次と言ってました。おそらく、小平次さんは弥三郎さんから塚本家再興の見届けを頼まれたのだと思います。しかし、瀬尾家は弥三郎さんとの約束を破ったのです」

「…………」

「瀬尾家は御庭番のふたりを殺したあと、ほとぼりが冷めるのを待っていたのではないでしょうか。弥三郎さんが処刑になり、人質立て籠もり事件も落着と判断し、かねてからの計画に向かって動きだした。そこで、邪魔になる小平次さんを殺したのです」

「なんと、恥知らずな」

千之助は怒りに顔を紅潮させた。

「書付さえあれば瀬尾家を追い詰めることが出来るかもしれませんが……」

栄次郎は無念そうに言う。

「私も瀬尾家のことを調べてみます」

「香月さま。あまり無理をしないようにしてください、どうも、私は伊勢守さまは幕閣の誰かと繋がっているような気がしているのです」

「幕閣の誰かと……」

「ええ、だから弥三郎さんは瀬尾家と手を組んだのだと思います。一大名が直参の御家再興などに関われるとは思えません。つまり、幕閣の誰かと深い繋がりがあるからこそ、塚本家の再興に現実味があったのではないでしょうか」

「なるほど」

千之助は唸ってから、

「そうなると、敵は城内にもいるということになりますね」

と、憤然とした。

「そうです。おそらく、書付にはその人物の名も書いてあるはずです」

「それならなんとしてでも書付を手に入れようとするはずですね」

「ええ。私は書付を探します。白虎稲荷は弥三郎さんと小平次さんしかわからないということですが、他の誰かも聞いているかもしれません」

「お話を聞けてよかった」

千之助はしみじみ言った。

「私のほうこそ」

栄次郎もこれで事件の追及が出来ると思った。

「何かわかったらお知らせにあがります」

そう言い、千之助は立ち上がった。

「わかりました」

いっしょに部屋を出て階下まで行った。

「では、また」

千之助は引き上げて行った。

「栄次郎さん、ほんとうに最近はいろいろなひとがやって来ますね」

お秋が目を丸くしながら言う。

「たまたまですよ」

栄次郎は二階の部屋に戻った。そして、まっすぐ窓辺に行った。

障子を開け、大川に目をやる。風があり、波が立っている。御厩河岸《がし》の渡し船はこれから出るところだ。

千之助がどこまで瀬尾家の内実を探ることが出来るか疑問だ。やはり、弥三郎の書付が欲しい。

白虎稲荷……。いったい、どこのことかと思ったとき、何か胸の辺りに不快なものが張りついたように重くなった。

又五郎といっしょに深川に行ったときもそうだったが、今も何かしっくりしない気持ちに襲われた。

栄次郎はそのことを考えた。何か間違っている、そんな気がしたが、何が間違っているかわからなかった。

第三章　書付の行方

一

翌日の夕七つ（午後四時）頃、栄次郎が三味線《しゃみせん》の稽古をしていると、お秋が客だと知らせに来た。三十過ぎの遊び人ふうの男だという。

栄次郎が階下に行くと、又五郎が待っていた。

「矢内さま」

又五郎が会釈をして近付いて来た。

「もう、長屋から離れたそうですね」

栄次郎はきいた。

「あっしのだちが入谷におりまして、そっちに」

「入谷ですか」

「それより、白虎稲荷のことなんですが、だちからこんなことを聞いたんです。三ノ輪《みのわ》に白い虎が奉納してある小さなお稲荷さんがあると」

「虎が？」

「ええ。なぜかわからないのですが、白い虎を奉納しているそうです。風除《かぜよ》け稲荷という名だそうです」

「風除け稲荷ですか」

又五郎は言ってから、

「行ってみるなら案内します。場所を聞いてきましたから」

と、積極的に言う。

深川で浪人に襲われたときのことが蘇《よみがえ》った。つけられた覚えはないのに、なぜあの場所で襲ってきたのか。

「わかりました。部屋を片づけてきますので少しお待ちください」

「へい、お待ちします」

又五郎は応じた。

栄次郎は二階の部屋に戻った。

刀を掴み、抜刀する。白刃が窓からの明かりに鈍く光った。柄《つか》を眼前に寄せ、目釘《めくぎ》を確かめる。そして、ゆっくり鞘《さや》に納める。

栄次郎は階下に下りた。

「今日はそのまま帰りますので」

お秋に言い、

「では、行きましょうか」

と、又五郎に声をかけた。


栄次郎と又五郎は稲荷町《いなりちょう》を過ぎ、入谷を経て三ノ輪にやって来た。これまで背後に注意をしたが、つけられている気配はなかった。

「この先です」

又五郎が言う。

三ノ輪を過ぎ、下谷通《とおり》新町《しんまち》に入り、根岸《ねぎし》のほうに向かった。西陽もだんだん弱くなり、空は紺色に染まってきた。

寺が見えた。又五郎は寺のほうに向かい、その脇を通った。寺の背後は田地が広がっている。その田地の中に鬱蒼《うっそう》とした杜《もり》があった。

「あそこです」

又五郎は指差す。

栄次郎と又五郎は杜を目指した。

辺りはだいぶ暗くなり、杜に入ると、さらに暗かった。やがて、小さな鳥居が見えてきた。

古い鳥居をくぐり、朽ちかけたような社《やしろ》に向かう。屋根の上にいた烏《からす》が飛び立った。

祠《ほこら》の前に立ち、中を覗く。狐の置物がいくつも奉納されていた。しかし、白虎の置物はない。

「ここが風除け稲荷ですか」

栄次郎はきく。

「聞いた場所はここなのですが」

又五郎は言い、

「ちょっと向こうに見える百姓家できいてきます」

又五郎が駆けて行った。

栄次郎は祠の裏にまわった。確かに、ここに書付を隠すことはあり得ないことではない。しかし、ここが弥三郎と小平次が共有している場所だろうか。

ふと枯葉を踏む音がした。ひとりではない。栄次郎は祠の前にまわった。覆面をした侍が三人立っていた。

「やはり現れたか」

栄次郎は三人の侍の前に出た。

「瀬尾伊勢守さまのご家中か」

栄次郎が言うや、覆面の侍が剣を抜いた。

「お三方の中には五百羅漢寺の近くで会ったお侍さんはいないようですね」

ひとりがいきなり、斬り込んできた。栄次郎は素早く鯉口《こいぐち》を切り、居合腰から素早く剣を抜いて相手の剣を払った。

相手はなおも斬り込んできた。栄次郎は何度も跳ね返す。その隙に、別の侍が栄次郎の背後から斬りつけた。

栄次郎は正面の敵の剣を弾き、振り向きざまに襲ってきた剣を横に払った。

「なぜ、ここに現れた？」

栄次郎は問いかけるが、三人は無言だった。

ふたりは正眼に構え、栄次郎の正面と背後から剣先を突き付けた。正面の敵がじりじりと間合いを詰めてきた。背後からも敵が迫った。横に跳んで逃げるのを待ち構えるように、三人目の侍が八相《はっそう》に構えていた。

栄次郎は素早く刀を鞘に納め、足を前後にして腰を落とし、右手を刀の柄に置き、目を閉じた。

風が木の葉を揺らす音がしていたが、栄次郎の耳から消えた。微《かす》かに、敵の息が聞こえる。

激しい殺気が背後から襲ってきた。栄次郎は振り向きざまに剣を抜き、相手の腕を斬り、すかさず正面の敵の胴を横一文字に斬り、さらに横にいた敵に跳躍して斬りかかった。

肩を斬る鈍い感触とともに相手は頽《くずお》れた。

栄次郎の前で三人の侍が呻《うめ》いていた。

栄次郎は、腕を押さえてうずくまっている侍の傍《そば》に行き、

「名を名乗られよ」

と、問いかけた。

「…………」

「言えないのか」

栄次郎はため息をつき、刀を鞘に納めた。

「もう一度きく。名は？」

「…………」

「仕方ない」

栄次郎は居合腰から抜刀した。

剣先は相手の顔を掠《かす》った。栄次郎が刀を鞘に納めたとき、覆面がふたつに避け、四角い顔が現れた。

相手はあわてて顔をかくしたが、栄次郎ははっきり顔を確かめた。二十七、八歳だ。眉毛が濃く、眦《まなじり》がつり上がっている。

「瀬尾家ご家中だな」

栄次郎は他のふたりの覆面も剝いだ。

ひとりは三十歳ぐらいで顎が長い。もうひとりは額が広く、眉毛の薄い男だ。

「矢内さま」

又五郎が現れた。

「この者たちは……」

うずくまっている三人を見て言う。

「私が狙いだったようです。近くの自身番に行き、怪我人が三人いるからと手を貸してもらってください。それまで、私がこの者たちを見張っています」

「でも、あっしが自身番に行ってても信用してもらえません。あっしが見張っていますから、矢内さまに行ってもらったほうが……」

「わかりました。では、お願いします。しばらくは動けないでしょうから」

栄次郎は下谷通新町の自身番に向かった。

自身番に顔を出し、店番の者に、

「田圃の中の稲荷社の境内で三人の怪我人がいます。医者の手当てをお願いしたいのですが」

「怪我人？」

「三人とも刀傷です。斬ったのは私です」

「あなたさまは？」

「矢内栄次郎と申します。町廻りの原田徳之助どのの知り合いです」

「わかりました。応援を頼んですぐに向かいます」

「お願いします」

栄次郎は稲荷社に戻った。

だが、啞然とした。ふたりの武士が倒れており、もうひとりの姿はなかった。又五郎の姿はなかった。

　腹を斬られた侍と肩を斬られた侍が匕首《あいくち》で刺されて死んでいた。もうひとりの二の腕を負傷した侍は逃げたようだ。

　又五郎が現れた。

「矢内さま。これは……」

　ふたりが死んでいるのを見て、又五郎は目を剝いた。

「何があったのですか」

　栄次郎がきいた。

「いきなり、覆面の侍が現れて、あっしを襲ってきました。で、夢中で逃げだしたんです。もう追って来ないと思って戻って来たんです」

「そうでしたか」

「すみません。お役に立てず……」

　妙だ、と栄次郎は思った。仲間がいる気配はなかった。

　そこに自身番から町役人が駆けつけて来た。

「あっ、これは……」

　町役人は絶句した。

それから、この辺りを受け持っている同心が駆けつけ、そして原田徳之助もやって来た。経緯を説明し、栄次郎が解放されたのは夜の五つ（午後八時）だった。

翌日の昼過ぎ、原田徳之助がやって来た。

二階の部屋で、差し向かいになって、

「瀬尾家に問い合わせた。帰っていない家来はいないとのことだった」

と、徳之助が口にした。

「そうですか」

栄次郎は首を傾げた。

ほんとうに瀬尾家の家中の者ではないのか。それとも、瀬尾家に見捨てられたか。

「今、亡骸《なきがら》はどこに？」

「奉行所に運んだ」

「このまま身許《みもと》がわからない可能性がありますね」

「うむ」

徳之助は難しい顔をして、

「三人の侍は矢内どのを襲ったのだな」

と、きいた。

「そうです。又五郎さんだけでなく、私をも狙っているようでした」

「やはり、人質立て籠もり事件だな」

「そうです。私がその事件の真相を追っていることが理由だと思います」

「又五郎を長屋に戻したが、それでいいのか」

「はい。警護の者をつけていただき、又五郎さんが出かけるときも必ずあとをつけるように。とにかく、目を離さないように」

昨夜、又五郎には長屋に戻るように言い、徳之助には又五郎に警護の者をつけるように頼んだのだ。

「原田さま。あの亡骸はこのまま無縁仏として葬られてしまうのは不憫《ふびん》です。なんとか、瀬尾家のご家来のどなたかに近付けないでしょうか」

「やってみるが、無理だと思う。瀬尾家の家来だとしても、特殊な役目の者たちだろうから、ふつうの家来とのつきあいはないかもしれない」

徳之助は渋い顔で、

「それに、奉行所はこの件の探索をする気がないのだ。そのことを知っているのか、瀬尾家のほうも強気だ」

「そうですね」

栄次郎は呟いてから、

「風除け稲荷には何の不審な点もなかったのですね」

「なかった。書付もどこにも隠されていなかった。また、白虎稲荷と呼ばれてはいないそうだ」

「そうですか」

「それから、小平次から白虎稲荷の話を聞いたことはないと仲間は言っていた。ほんとうに白虎稲荷なのか」

「又五郎さんは弥三郎さんからそう聞いていると」

「やはり、弥三郎と小平次のふたりだけの符牒《ふちょう》のような言葉かもしれぬな。だとしたら、白虎稲荷だとしても、それは稲荷社とは関係ないかもしれない」

「そうですね。ふたりがよく知っている場所を白虎稲荷と呼んで……」

栄次郎は言葉を止めた。

白虎稲荷のことを口にしたのは又五郎だ。又五郎以外は誰も知らないのだ。さらに言えば、弥三郎はほんとうに又五郎と親しかったのか。

又五郎のことを言い出したのは、弥三郎が気に入っていたという料理屋のおとよだ。

おとよの言葉を思い出す。

「ふたりで伊勢町堀を歩いていたら目の前を横切った男のひとがいたんです。そのとき、弥三郎さんが又五郎って口にしたんです」

それがあったから、弥三郎と又五郎が親しい間柄だと信じたのだ。そして、それ以前に、弥三郎の好いた女がおとよだというのは、小間物屋の市助の話からだ。

そもそも、市助と知り合ったのは小塚原だ。

竹矢来の外から獄門台の弥三郎の首を見ていると横から呟くような声が聞こえた

「ほんとうはあんな恐ろしい顔じゃないのに……」

そして、男は念仏を唱え出したのだ。

「南無阿弥陀仏、南無阿弥陀仏」

それが小間物屋の市助だ。

弥三郎は市助の客だったと言った。好いた女のために弥三郎は市助から簪《かんざし》を買ったことがあった。そのことから、弥三郎が好いた女がおとよだと知ったのだ。

「矢内どの、どうかなさったか」

徳之助が不審そうにきいた。

「なんでもありません」

栄次郎は自分の考えを話すのは尚早《しょうそう》だと思った。

「では、また」

徳之助は立ち上がって部屋を出て行った。

階下まで見送り、栄次郎は二階の部屋に戻って、さっきのことに思いを馳せた。

市助ははじめから栄次郎に近付くために小塚原で念仏まで唱えたのではないか。

市助、おとよ、又五郎と順繰りに目の前に現れ、そして白虎稲荷のことを聞いた。

小平次が訪ねて来たら白虎稲荷と伝えろと弥三郎から言われたというのも、又五郎の言葉でしかない。

深川の海辺大工町で又五郎が襲われたように思えたが、実際は狙うのは栄次郎だったのだ。つけられた気配はないのに敵が待ち伏せていたのも、又五郎から聞いていたからだ。

昨夜もそうだ。風除け稲荷に栄次郎を誘い込んだのも又五郎だ。やはり、つけられた気配はないのに敵が襲ってきた。

栄次郎は憤然としていた。

二

翌朝、栄次郎は霊岸島の本八丁堀五丁目にやって来た。

甑右衛門店の木戸口に警護の者がいた。栄次郎は軽く会釈をし、又五郎の住まいに行って戸を開けた。

「矢内さま」

栄次郎は普段と変わらぬ態度で土間に入り、

「又五郎さん。変わったことはありませんか」

と、きいた。

「ええ、だいじょうぶです」

そう言ってから、

「ただ、警護がついていて、ちょっと不自由です」

と、又五郎は不平を言った。

「ですが、もう二度も襲われたのです。不自由でも、少し我慢してください」

「ええ」

又五郎は眉根を寄せた。

「昨日、殺されたふたりの侍ですが、瀬尾家に問い合わせたら違うということだったそうです。でも、私は瀬尾家の家来だと思っています」

「…………」

「あのふたりにも家族がおりましょう。なんとか、亡骸を家族のもとに返してやりたいのです」

「でも、瀬尾家が否定しているんでしたら……」

「いえ、家臣だと認められないから否定しているんです。このまま無縁仏として葬られるのは哀れです」

「どうするんですか」

又五郎は厳しい顔付きになった。

「人質立て籠もり事件で人質ふたりが殺されましたね。あのふたりの亡骸は、材木問の『秋田屋』が引き取り、万福寺に埋葬したそうです。でも、万福寺に亡骸はないんです」

「ない？」

「万福寺から家族のもとに帰ったんです」

「ほんとうですか」

「ええ、間違いありません。昨日のふたりも同じ手を使って家族のもとに返せないかと思いましてね」

「…………」

「そこで瀬尾家出入りの商人に頼んでみようかと思っています」

「そんな商人いますか」

「案外と応じてくれるような気がしています」

「いくら出入りの商人の訴えでも、瀬尾家のほうが認めるとは思えませんが」

「だめでもともとですから、御用達《ごようたし》商人を探し出し、頼んでみようと思っています」

「矢内さま。それはどうでしょうか」

又五郎は首を傾げた。

「まあ、やってみます。まず、瀬尾家の御用達商人を探さねばなりませんが、同心の原田さまに頼めば商人は探してくれるでしょう」

栄次郎は自信たっぷりに言い、

「そこで、御用達商人にお願いに行くとき、又五郎さんもいっしょしていただきたいのです」

「あっしが？」

「ええ、狙われた張本人の又五郎さんが説き伏せるほうが相手の胸に響くのではないかと思いまして」

「…………」

「お願いします」

「でも」

「又五郎さんや私の暗殺に失敗したために仲間に口封じで殺されたのです。いくら襲ってきた相手でもこのまま打ち捨てられるのは不憫で仕方ないのです。又五郎さん、お願いします」

栄次郎は頭を下げた。

又五郎は困ったように俯いていたが、

「わかりました」

と、ようやく顔を上げた。

「御用達商人の名がわかったら、お知らせします」

そう言い、栄次郎は又五郎の住まいをあとにした。

栄次郎は永代橋を渡り、北森下町の幸兵衛店にやって来た。

おとよの家の腰高障子を開けて声をかけた。

「矢内さま」

おとよが会釈をした。

栄次郎は土間に入って上がり框《かまち》まで行き、

「ちょっとお訊ねしたいのですが」

と、声をかけた。

「なんでしょうか」

「弥三郎さんのことで。あなたに何か言い残していたのではないかと思いましてね」

「さあ、特には気づきませんが」

「白虎稲荷というのを聞いたことはありませんか」

「いえ」

「小平次という名も聞いていないのですよね」

「ええ」

おとよは頷いてから、

「何かあったのですか」

と、きいた。

「じつは又五郎さんと私は何者かに襲われました。二度も」

「まあ」

おとよは眉根を寄せた。

「襲った相手は何者かわかっているのですか」

「ええ」

「誰ですか」

「ただ、確たる証《あかし》がないので」

栄次郎は無念そうに言い、

「ですが、もしかしたら証拠がつかめそうなんです」

「それは？」

「私たちの襲撃に失敗したふたりの侍が仲間に殺されたのです。その亡骸が奉行所に安置されていますが、瀬尾家の家来だとわかれば……」

「瀬尾家？」

おとよが呟く。

「ええ、瀬尾伊勢守さまです。弥三郎さんは瀬尾家に塚本家の再興を託して、瀬尾家は依頼を引き受けたのです。ですが、弥三郎さんが処刑されたあと、瀬尾家は弥三郎さんとの約束を破ったのです」

「…………」

「あっ、よけいなことを話してしまいました」

「いえ。でも、矢内さまはどうなさるのですか」

「弥三郎さんの無念を晴らしてやりたいのです。死を賭《と》して、瀬尾家と約束したのに、それを破るとは許せません」

「そうですか」

「ところで、小間物屋の市助さんの住まいをご存じじゃありませんか」

「いえ、知りません」

おとよは否定してから、

「でも、なぜ市助さんの住まいを？」

と、きいた。

「市助さんにもきいてみたいことがあるんです。弥三郎さんとはいろいろ話していたみたいなので。何か、また新しいことでも思い出してはいないかと思いましてね」

「…………」

「もし、市助さんにお会いすることがあったら、私が会いたがっていたとお伝え願えますか」

「わかりました」

「じゃあ、私はこれで」

栄次郎は踵《きびす》を返した。

背中に射るような視線を感じながら、栄次郎は戸を開けて路地に出た。


それから半刻（一時間）後、栄次郎は浅草黒船町のお秋の家にいた。

三味線の稽古をはじめるが、いつの間にか、事件のことに思いが向いていて、気がつくと撥《ばち》を持つ手が止まっていた。

深いため息をついてから栄次郎は立ち上がった。

窓辺に行き、障子を開けて大川を眺める。波頭が立っていた。渡し船も大きく揺れているようだった。

やはり、市助、おとよ、又五郎はつるんでいる。市助とおとよは深い関係なのかもしれない。

この三人が瀬尾家とどのように繋がっているのか。そのことが明らかになるまでは、栄次郎は騙されている振りをしておくつもりでいた。

弥三郎が残した書付はどこかにあるはずだ。書付を小平次が持っていたとは思えない。小平次は弥三郎に代わって塚本家再興の約束を果たすように瀬尾家に迫っていたはずだ。もし履行されなければ、小平次は書付を奉行所にでも提出するつもりでいただろう。

その書付を小平次が持っていたら、万が一のときは一挙に願いは潰《つい》えてしまう。だから、小平次は書付の隠し場所を知っているだけだ。

拷問を受けたとき、小平次は口を割らなかったのだ。瀬尾家のほうも書付の在り処がわからない。

しかし、わからないまま書付が出てこなければそれでいいと、瀬尾家は考えたのではないか。その場合、栄次郎の存在が目障《めざわ》りだったのだ。

仮に書付が公にされても栄次郎の口さえ封じれば危機を乗り越えられる。そう考えたのではないか。

敵の狙いはもはや栄次郎でしかない。

それにしても、書付をどこに隠したのか。誰かに預けるとしたら喜平しかいない。だが、喜平は塚本家の再興には否定的だ。

塚本源次郎の子どもが当主になるなら再興を図るだろうが、姉の子ではそんな気がおきないと言っていた。

だが、その言葉をまともに信じていいのか。喜平もまた再興を夢見ているとしたら……。しかし、瀬尾家は当然喜平にまで疑いを向けているはずだ。だが、喜平が襲われた様子はない。

やはり、喜平は違うのか。

ただ、書付を隠すとしたら……。あっと、栄次郎は声を上げた。墓だ。塚本源次郎の墓こそ格好の場所ではないか。だが、喜平は気づくはずだ。

波の高い大川を眺めながら、栄次郎はさまざまな考えに揺れ動いていた。

翌朝、雨模様の空で、肌寒かった。栄次郎は小石川の天正寺に喜平を訪ねた。

喜平はいつものように箒《ほうき》を持って境内の落ち葉を集めていた。ちらっと栄次郎を一瞥しただけで、喜平は掃除を続けた。

「喜平さん。少しよろしいですか」

「…………」

喜平は黙って顔を向けた。

「先日、又五郎の話をし、白虎稲荷についてお訊ねしました。喜平さんは白虎稲荷について知らないと言いましたが、ほんとうは肝心なことを話してくれなかったのではありませんか」

「何のことかわかりません」

「あなたは弥三郎さんから白虎稲荷のことを聞いたことはなった。だから、又五郎が嘘をついているとわかったはずです」

「私にそんなことがわかるはずないではありませんか」

喜平は冷笑を浮かべた。

「弥三郎さんが書付をどこに隠したか知っていたのです。だから、白虎稲荷の話は偽りだと見抜いた。だが、そのことを私に言わなかった」

「矢内さまの考えすぎです」

「喜平さん。弥三郎さんがあなたに書付を預けたかどうかわかりません。ひょっとしたら、塚本源次郎さまのお墓に隠したのかもしれません。いずれにしろ、あなたが書付を持っているのではありませんか」

「まさか」

喜平は呆れたように、

「そんなものに関心はありませんよ。私はただ静かにお墓をお守りしているだけです」

と、口許を歪めて言う。

「私がそう思うくらいですから、敵も同じです。あなたに迫ってきたのでは？」

「確かに、なにやら怪しい人物がうろついていましたが、それだけです」

「喜平さん、ほんとうに書付を知らないのですね」

「知りません」

喜平は首を横に振る。

真実かどうかわからない。

「念のために塚本源次郎さまのお墓を見せていただいてよろしいですか」

「なぜですか」

「あなたが知らないうちに、弥三郎がお墓に書付を隠したかもしれません」

「そんなことはあり得ません」

「お願いです」

「それほど仰るなら」

喜平は口許を歪め、

「どうぞ。こちらに」

と、箒を持ったまま本堂の背後にまわり、墓地に入って行った。

一画に幾つかの墓が建っている。その中央に塚本家先祖代々の大きな墓があった。

栄次郎は手を合わせてから、墓の裏側にまわった。どこにも書付を隠せるような場所はなかった。

桐油紙に包んで墓石近くの地に埋めたか、卒塔婆《そとうば》の中に隠したか。いろいろ調べたが、わからなかった。

ふと、少し離れた所に小さな墓があった。粗末な墓だ。そこにもお供えがあり、花も飾られている。

「このお墓は?」

栄次郎はきいた。

「…………」

喜平は答えない。

栄次郎はあっと気づいた。

「ひょっとして、ここが塚本源次郎さまのお墓では?」

「…………」

「そうなんですね」

「そうです。あのような死に方をなさったので、ご公儀を慮《おもんぱか》って本家の墓ではなく、別に……」

喜平はやりきれないように小さな墓に目をやった。

「墓石には塚本源次郎さまの名も戒名も刻まれていませんね」

「ええ」

「喜平さんはこのお墓を守っていらっしゃるのですね」

「ええ」

「弥三郎が書付を隠したとしてもあなたにすぐ見つけられてしまいますね」

周囲に土を掘ったような形跡はない。

いずれにしろ、ここには書付はない。喜平がどこかに隠しているのではないかと思ったが、喜平は口を割ろうとしない。

「喜平さん。このお墓のままでいいのですか。先祖代々の墓に入れなくて？」

「仕方ありません」

「でも、あなたがいなくなったら、このお墓はどうなりますか。忘れ去られていってしまうのでは」

「いえ、そうならないようにするつもりです」

　喜平は呟くように言った。

「喜平さん。もう一度お訊ねします。ほんとうに塚本家の再興を願っていないのですか」

「このお墓を見ればおわかりでしょう。塚本家が再興になったとしても、新しい当主は姉の春野さまの次男です。新しい塚本家になるだけです。この源次郎さまの墓はいつしか忘れ去られるだけです」

「しかし、春野さまが当主の母親であれば源次郎さまのことは……」

「いえ、春野さまとて、久保田伊右衛門さまの妻女です。久保田さまが、罪を犯した源次郎さまのことをどの程度お考えくださるかわかりません。公儀を慮って、源次郎さまの存在をなるたけ塚本家から消そうとするのではないでしょうか」

「それは考え過ぎだと思います」

「いえ、私にはわかります。源次郎さまのお墓に参るのは春野さまだけでした。塚本家が再興になっても当主は春野さまのお子でもありますが、久保田さまのお子でもあります。久保田さまは我が子に塚本家を継がせるにしても、源次郎さまのことはないものとして塚本家を興《おこ》すのではないでしょうか」

喜平は厳しい表情で答えた。

やはり、塚本家の再興を願っていないという喜平の考えは一貫していた。それは頑固なほどだった。

「わかりました。失礼いたします」

栄次郎は喜平と別れ、天正寺の山門を出た。

三

天正寺の山門を出てしばらく行くと武家地に入った。行き交うひと影はない。今にも降りだしそうな空だ。厚い雲が上空を覆い、昼前なのに夕方のように薄暗く、風も冷たく身を竦《すく》ませた。

辻番所の前を過ぎると、神社が見えてきた。鳥居の前に差しかかったとき、栄次郎は足を止めた。

境内から編笠をかぶった巨軀の侍が出て来て、栄次郎の前に立った。

「私に何か御用ですか」

栄次郎は問いかける。

編笠の侍はそのまま足早に近付いて来た。栄次郎は佇《たたず》んだまま相手の動きを見守った。ずんずん迫って来た。

見る見る相手との間隔が狭まった。栄次郎は鯉口を切った。足を前後に出して腰を落として待ち構えた。

いきなり相手が抜刀し、上段から斬り込んできた。栄次郎も抜刀し、相手の剣を弾いた。が、相手はまた上段から襲ってきた。栄次郎は鎬《しのぎ》で相手の剣を受けた。相手は巨軀を利用して押しつけてきた。

栄次郎は懸命に相手の剣を押し返す。そして、両者は後ろに飛び退いた。

相手は正眼に構えた。栄次郎は剣を鞘に納め、相手と対峙する。ゆっくり間合いを詰めてきた。栄次郎はそのまま立っていた。

じりじり間合いが詰まった。斬り合いの間《ま》に入った刹那、相手は上段から斬りつけてきた。栄次郎も居合腰から抜刀した。またも同じように相手の剣を弾いたが、すぐに体勢を整え、相手は上段から剣を振り下ろした。

栄次郎はまたも鎬で剣を受け止めた。剣と剣がかち合い、両者とも渾身の力で鍔元《つばもと》で競り合った。

そのとき、背後に凄まじい殺気がした。体の向きを変えようとしたが迂闊《うかつ》に相手の剣から離れると、その剣が襲ってくる。だが、背中から殺気が迫ってきた。

栄次郎は押し返したとたん、剣を引き、横に飛び退いた。背後からの賊は蹈鞴《たたら》を踏んで立ち止まった。

頰被りをした遊び人ふうの男だ。すぐに体勢を立て直して匕首を逆手に持って構えた。深川で襲ってきた連中の中にも同じように匕首を構えて突進してきた男がいた。その男の左二の腕を斬ったが、目の前の男は深川で襲ってきた男とは別人だ。

前方から、供を連れた武士が歩いて来た。

編笠の侍と頰被りの男は神社の鳥居に向かって逃げた。栄次郎は追いかけ、鳥居をくぐった。

境内にひと影はない。剣を鞘に納め、奥に向かう。社務所の前を通り、社殿の脇を抜けて奥に行く。

突き当たりに裏門があった。栄次郎はそこを出た。再び武家地だ。編笠の侍と頰被りの男の姿はどこにもなかった。

栄次郎は諦めて、引き上げた。

湯島の切通しを下り、栄次郎は明神下の新八の長屋に行った。

新八は部屋にいた。

「栄次郎さん、何かありましたか。鬢《びん》がほつれています」

「天正寺の帰りに、編笠の侍と頬被りの男に襲われました」

「襲われた？」

栄次郎は事情を話した。

「瀬尾家の者ですね」

「だと思いますが、証がありません」

栄次郎は言ってから、

「これで三度目です」

「三度ですって」

「ええ」

白虎稲荷を求めて行った深川と三ノ輪の先で襲われた経緯を話し、

「最初は又五郎さんが襲われたのかと思っていたのですが、どうやら狙いは私のようです。そこで、お願いがあるのですが」

「はい」

「小間物屋の市助、おとよ、そして又五郎の三人は私を襲うために遣わされた連中です。ただ、まだ騙された振りをしていますが、三人について調べていただきたいのです」

「わかりました」

「市助の住まいはわかりませんが、おとよと又五郎は……」

「それにしても、瀬尾家で何が起きているんでしょうか。それがわからないと、核心には迫れませんね」

新八が渋い顔をした。

「そうですね。弥三郎さんが残した書付が見つかればいいのですが」

「ほんとうに書付はあるんですかえ」

「あるはずです。弥三郎さんは命を賭して瀬尾家と手を組んだのです。塚本家の再興の約束を守らせるためにも瀬尾家の裏切りを許さない対策を何か講じていたはずです。それには真相を書き記した書付がふさわしいでしょうから」

栄次郎はさらに続ける。

「おそらく、小平次さんも弥三郎さんの命《めい》を受け、その書付をもとに約束の履行を瀬尾家に迫っていたはずです。だから、小平次さんは拷問を受けたのです」

「そうですね」

新八は頷き、

「では、さっそく調べてみます」

「お願いします」

栄次郎が戸口に向かいかけると、

「栄次郎さん、雨が降りだすかもしれません。傘をお持ちください」

「浅草まで保《も》つでしょう」

戸を開け、空を見上げて言う。

「では」

栄次郎は長屋を出た。


浅草黒船町のお秋の家に近付いた頃からぽつりぽつりと雨が落ちてきた。

栄次郎がお秋の家に駆け込んだとき、雨がざっと降りだした。

「危ないところでした」

栄次郎はお秋に言う。

「でも、少し濡れているわ」

お秋が手拭いを持って来てくれた。

「すみません」

　お秋が拭いてくれようとしたが、

「私が」

「崎田さまに睨まれますから」

　と、栄次郎は自分で髪と肩などに手拭いを押し当てた。

　足を濯《すす》いで二階に上がった。

　部屋に入ると、窓辺に寄った。障子を開けると、雨に煙って大川は霞んでいた。雨が吹きかけてくるので雨戸を閉めた。

　お秋が上がって来て、

「まだ、昼前なのに」

　と言いながら行灯《あんどん》に灯を入れた。

　お秋が去ってから、栄次郎は三味線を抱えたが、やはり撥を持つ手が動かなかった。

　思いは喜平に向かった。弥三郎が書付を託すとしたら、喜平がもっともふさわしい。塚本家が健在のときは喜平が用人、弥三郎は若党だったのだ。そして、小平次は塚本源次郎の屋敷に出入りをしていた小間物屋だ。

　弥三郎は小平次と親しくなったとはいえ、所詮塚本家とは直接の繋がりはない。小平次に託すより、喜平であろう。

ただ、喜平は塚本家の再興に乗り気ではなかった。だから、弥三郎は喜平を頼ることは出来なかったのだ。

小平次はその後、博打《ばくち》のために小間物屋を辞め、最後は根津遊廓で客引きをしていた。そんな小平次を、金で仲間に引き入れたのか。

だとしたら、弥三郎は小平次に書付を渡したのかもしれない。小平次が書付をどこかに隠した。拷問を受けても、小平次は書付の在り処を言わなかった。

もし、小平次が預かったとしたら……。栄次郎は根津遊廓のことが脳裏を掠めた。


昼過ぎになって、雨が小止みになってきた。陽が射してきた。

栄次郎は階下に行った。

「お出かけ？」

お秋が奥から出て来た。

「ええ、夕方には戻ります。訪ねて来たひとがいたら、待ってもらってください」

「わかったわ」

お秋は言い、

「道がぬかるんでいるでしょう。高下駄を使って」

と、高下駄を出してきた。

「すみません」

栄次郎は高下駄を履いて土間を出た。

水たまりが出来、道はぬかるみ、難渋しながら不忍池の西岸を通って根津までやって来た。

『新香楼』という店に行くと、先日会った若い男が店の前にいた。

「もし」

栄次郎は声をかける。

「お侍さんは確か小平次さんを探していた……」

「そうです」

「下手人《げしゆにん》はまだ見つからないそうですね」

「ええ。ところで、小平次さんが親しくしているひとはいましたか。お店の妓《おんな》も含めて」

「…………」

若い男は怪訝そうな顔をした。

「どうかしましたか」

栄次郎は胸騒ぎがした。

「へえ、以前にも同じことをききにきた男がいたので」

「どんな男ですか」

「三十過ぎの丸顔で、眉尻《まゆじり》が下がり、ひとのよさそうな顔をしていました」

小間物屋の市助の顔が脳裏を掠めた。

「で、その男は誰かと会ったのですか」

「小平次さんが特に親しくしている妓はいないと言ったんですが、それでもというので、何人かの妓に引き合わせました」

若い男は答える。

「あなたもその場にいたのですか」

「ええ、あっしにも引き合わせる責任がありますから」

「その男は何をきいていましたか」

「小平次さんから何か預かっていないかということだけです」

「返事は？」

「誰も預かっていません。というより、何かを預かるほどの親しい間柄ではなかったってことです」

「では誰もいなかったのですね？」

「そうです」

「小平次さんには好きな女子はいなかったのでしょうか」

「さあ、わかりません」

「弥三郎という男が訪ねて来たことはありましたか」

「前も話したと思いますが、ふた月ぐらい前にはときたま同い年ぐらいの男が訪ねて来ました。名前は知りません」

「わかりました」

「妓たちに会わなくてもいいんですか」

「ええ、同じことをきくだけですから」

「ええ、その男も何の収穫もなく、落胆して引き上げて行きました」

「そうですか」

「お侍さんとその男はどういう関係なんですか」

「知らないひとです」

「赤の他人が、同じことを調べているんですか」

「そうなるんでしょうか」

栄次郎は曖昧に答える。

「小平次さんはいったい何をしていたんですかえ」

若い男はきいた。

「ただ、誰かから何かを預かっただけです。その品物を欲しがっている者がいるんです」

「いったい何を……」

「たびたびすみませんでした」

栄次郎は礼を言い、別れようとした。

「お侍さん、ちょっと待ってください」

若い男が引き止めた。

「ちょっと思い出したことが」

「なんでしょう」

期待もせずにきいた。

「一度、小平次さんから、上野山下の五条天神裏《ごじょうてんじん》を知っているかときかれました」

「五条天神裏?」

「ええ、あの裏に、いかがわしい店が何軒かあるんですよ」

「小平次さんはそこの店のことを？」

「ええ、小平次さんは料理屋だと思っていたようですが」

「ということは誰かから五条天神裏のお店のことを聞いたのかもしれませんね」

「そうでしょうね」

「このことは誰かに？」

「いえ。今思い出したのですから誰にも話していません」

「八丁堀の同心以外には誰にも話さないでいただけますか」

「わかりました」

栄次郎は礼を言って、引き上げた。


夕七つ（午後四時）に、栄次郎は浅草黒船町のお秋の家に帰って来た。

「栄次郎さん、原田さまと与平親分がお待ちよ」

お秋が出て来て言う。

「だいぶお待ちですか」

「いえ。そうでもないわ」

お秋が濯ぎの水を持って来た。

「すみません」

足袋《たび》を脱ぎ、栄次郎は桶に足を入れて濯いだ。ぬるま湯だった。

手拭いで拭いて部屋に上がった。

「この足袋、洗っておきますから、これを履いて」

「新しいですね。崎田さまに買っておいたものでは？」

「いいえ、栄次郎さんのためによ」

「すみません」

栄次郎は新しい足袋を履いて二階に上がった。

「お待たせいたしました」

栄次郎が部屋に入って行くと、原田徳之助と与平が居住まいを正した。

「小平次と親しい者は見つからなかった。根津遊廓で働く前は薬研堀の料理屋で下働きをしていたが、親しくしている者はいなかった。もちろん知り合いはそこそこいるが、親しい間柄にはなっていない」

「女は？」

「女に裏切られたことがあったようで、それ以来、女とも距離を置いていたそうだ」

「女に裏切られた？」

「小間物屋をやっていた頃だそうだ。客の女と親しくなったが、その女に裏切られ、金もとられてしまったそうだ」

「それで、小間物屋もやめてしまったのですか」

「じつは、その女が殺されたのだ」

「小平次さんを裏切った女がですか」

「そうだ。それで、小平次もさんざん疑われたそうだ。下手人が見つかって疑いは晴れたが、それ以来、小平次は自棄《やけ》になっていたらしい」

「そんなときに、弥三郎が小平次に近付いて仲間にしたのですね」

「おそらく、そういうことだろう」

徳之助は厳しい表情で、

「小平次を殺した下手人の手掛かりはない」

と、吐き捨てるように言った。

「じつは、さっき根津遊廓の『新香楼』に行ってきました。小平次は弥三郎から書付を受け取り、『新香楼』の親しい妓に預けたのではないかと思って確かめに行きました。やはり、それほど親しい妓はいなく、小平次から誰も物を預かっていないことがはっきりわかりました」

「うむ」

「ところが、すでに同じことをききに来た男がいたそうです。三十過ぎの丸顔で、眉尻が下がり、ひとのよさそうな顔をした男だそうです」

「小平次を拷問にかけた男か」

「そうだと思います」

その男に心当たりがあるとはまだ言えなかった。もうしばらく騙された振りをしておいたほうがいいと判断したのだ。

「『新香楼』の若い男が思い出して話してくれたのですが、上野山下の五条天神裏を知っているかと小平次さんからきかれたことがあったそうです」

「五条天神裏？」

「あの裏に、いかがわしい店が何軒かあると教えたそうです。ただ、それだけのことですが、小平次さんは誰かから五条天神裏のことを聞いたのではないでしょうか」

「弥三郎か」

与平が声を上げた。

「そうだと思います。弥三郎は五条天神裏のいかがわしい店に馴染みの女がいるのではないかと想像したのですが」

「その女に書付を預けたと？」

「その可能性があるのではないかと。弥三郎は小平次に、書付は五条天神裏のなんとかという店の誰々に預けてあると伝えたのではないでしょうか」

「考えられなくはないな」

徳之助が頷きながら言う。

「弥三郎が通っていた店を探していただけませんか」

「やってみましょう」

与平が応じた。

「よし」

徳之助も意気込んだ。

「例の殺された侍の身許はわからないままですね」

栄次郎は話を変えた。

「そうだ」

「瀬尾家の家臣に間違いないと思います。それを確かめるために、瀬尾家の御用達商人にお願いしたいと思っています」

栄次郎は自分の考えを語った。

「瀬尾家の御用達商人は当然瀬尾家の肩を持つはず。顔を知らない家来のためにそこまでするとは思えぬ」

徳之助は否定し、

「瀬尾家に何か問題が起きているとしたら、商人たちも何らかの形で巻き込まれているだろう。御用達商人も瀬尾家と一心同体と考えるべきだ」

と、付け加えた。

「いったい、瀬尾家で何が起きているのでしょうか。おそらく、世継ぎ争いではないでしょうか」

「揉め事があるとしたら、それであろう。しかし、瀬尾家を調べたが、藩主伊勢守忠《ただ》興《おき》さまはまだ三十七歳。正室に十五歳の若君、側室に十三歳の男の子がいる。が、後継ぎの話はまだまだ先のことだ。だから、世継ぎの問題ではないと思うが……」

「そうですか。ただ、瀬尾家が一丸となって公儀隠密を殺したとは思えません。重臣たちと一部の家臣の暴走ではないでしょうか。だとしたら、そのことに関わっていない家来にきけば、風除け稲荷で殺された侍が瀬尾家の者かどうか正直に答えてくれると思うのです。亡骸を引き取ってくれずとも、身許がわかるきっかけが出来るのではないかと」

栄次郎は膝を進め、

「奉行所としてはそこまでしたことが瀬尾家に知られると何かと拙《まず》いでしょうが、私が商人に会います。どうか、御用達商人を調べていただけませんか」

と、頭を下げた。

「矢内どのも不思議なお方だ。こんな一銭にもならないことに命を懸けて」

徳之助は感嘆したように言う。

「自分でも困った性分だと思っています」

栄次郎は苦笑した。

「わかった。このことはすぐわかる。明日にでも知らせる」

徳之助はそう言って立ち上がった。

栄次郎は徳之助と与平を階下まで見送った。少しずつ、前に進んでいるという手応えを感じていた。

四

翌日の昼過ぎ、栄次郎は大伝馬町にある紙問屋『美濃屋《みのや》』を訪れた。

大きな屋根看板が目立つ。間口の広い店先に立ち、土間を見回す。番頭らしい男を見つけ、栄次郎は近付いて行った。

「恐れ入ります。私は矢内栄次郎と申します」

「矢内さまで」

番頭は腰を低く応対する。

「ご主人にお会いしたいのですが、お取次ぎ願えませんか」

「お約束でございますか」

番頭は胡乱《うろん》な目を向けた。

「いえ、約束はしていません」

「申し訳ありません。お約束がないと、お取次ぎ出来ないのです。あしからず」

「瀬尾家に関わることで大事なお話があるとお伝えください」

栄次郎は訴えるように言う。

「瀬尾家……」

　番頭が怪訝な顔つきで、

「どういうことですか」

　と、きいた。

「奉行所の同心から『美濃屋』さんが瀬尾家御用達とお聞きしたのです」

「何かのお調べでしょうか」

「瀬尾家で、今何が起きているかご存じですか」

　栄次郎はあえて意味ありげに口にした。

「いえ……」

　番頭は戸惑ったようだったが、

「わかりました。少々お待ちください」

　とあわてて言い、奥に向かった。

　しばらく待たされたが、番頭が戻って来て、

「どうぞ、こちらから」

　と、店座敷の端《はし》に行き、そこから上がるように言った。

　栄次郎は腰から刀を外し、右手に持ち替えて上がった。

番頭に代わって女中が案内に立った。栄次郎は内庭に面した客間に通された。

そこで待っていると、恰幅のいい四十歳ぐらいの男が現れた。静かに、栄次郎の前に腰を下ろした。

「美濃屋ですが」

美濃屋は口を開いた。

「矢内栄次郎と申します。美濃屋さんが瀬尾伊勢守さまのお屋敷に出入りをなさっているとお聞きし、お願いにあがりました」

「なんでしょう」

美濃屋は柔らかな声できいた。

「数日前、三ノ輪の先にある風除け稲荷のそばで、私は三人組の侍に襲われました。そのうちのふたりを私は取り押さえました。ところが、私が目を離した隙に、ふたりは殺されました。仲間が口封じに殺したのだと思われます」

「仲間？　何の仲間ですか」

「ふた月ほど前、薬研堀の船宿で人質立て籠もり事件が起きました。ご存じでしょうか」

「知っている。瓦版でかなり大きく報じていましたから」

美濃屋はもの静かに答えてから、

「それが何か」

と、きいた。

「風除け稲荷で殺されたふたりの侍は、その人質立て籠もり事件に何らかの形で関わっているという疑いがあります」

「…………」

「そのふたりの亡骸はいまだに身許がわからず、奉行所に安置されたままです。いずれ、無縁仏としてどこぞに埋葬されるでしょう。もし、そのふたりが立て籠もり事件に関わっていたのであれば、名乗って出られないのは当然でしょう。でも、ふたりには親もいれば、妻子もいるかもしれません。ふたりは侍です。上役の命《めい》に従って動いたのです。役目を失敗したからと口を塞ぐために殺し、亡骸も捨てておく。なんとも冷酷ではありませんか」

「そのふたりは瀬尾家の家臣だというのですか」

美濃屋は鋭い目できいた。

「わかりません。ですが、その可能性があります。奉行所が問い合わせをしましたが、瀬尾家には所在のわからない家来はいないということでした。ですが、私は信じることが出来ません」

「…………」

「それで、美濃屋さんの力をお借りしたいのです」

「どうすれば？」

「ふたりが瀬尾家の家来かを確かめたら、美濃屋さんが亡骸を引き取り、ひそかに亡骸を遺族にお返しを……」

「あなたの狙いは？」

「殺されたふたりが瀬尾家の家来であることを確かめたいのです。そして、家族のもとに帰れればそれで」

栄次郎は美濃屋の顔色を窺った。

「なぜ、瀬尾家の家来だと思うのですか。人質立て籠もり事件に瀬尾家が関わっていると思っているのですか」

美濃屋が厳しい表情できいた。

「はい」

「なぜですか」

「人質立て籠もり事件の一味が瀬尾家の下屋敷に逃げ込んだのです」

「だからといって、瀬尾家が関わっていると考えるのは早計ではありませんか」

「仰るとおりです。ただ、私が執拗に襲われましたのも、私が瀬尾家に疑いを向けているからではないかと思っているのです」

「うむ」

美濃屋は腕組みをした。

しばらく考えていたが、美濃屋は腕組みを解き、

「ほんとうに瀬尾家の家来かもわからない亡骸を引き取ることは出来ません。仮に、そうだったとしても瀬尾家は認めないでしょう」

「ええ」

「残念ですが、申し入れは受け入れられません」

美濃屋はきっぱりと断った。

「わかりました」

栄次郎は素直に引き下がり、

「その代わりというわけではありませんが、どなたか信頼の出来る瀬尾家のご家来にお引き合わせ願えませんか」

「…………」

「そのお方に亡骸を確かめてもらいたいのです」

「なるほど」

美濃屋は大きく頷く。

「何か」

「最初から狙いはそのことだったのですね。身許のわからない亡骸を引き取れなどと無茶を言ったのも今の話のため」

「いえ、そういうわけでは……」

「矢内さま。ひとつ、お訊ねしてよろしいですか」

美濃屋の目が鈍く光った。

「なんでしょうか」

「瀬尾家の内情について、矢内さまはお訊ねになりませんでした。人質立て籠もり事件に関わっているとしたら、瀬尾家の中で何が起きているのか知りたいのではないかと思うのですが」

「もちろん知りたいのはやまやまです。ですが、美濃屋さんの立場として瀬尾家の内実を外の者に話すことなど出来ないことはわかっていますから」

「なるほど。そこまで期待はしていなかったということですね」

「はい。美濃屋さんが瀬尾家を裏切ることがないようなお願いをしようと」

「わかりました」

美濃屋は笑みを湛《たた》え、

「この店にもちょくちょく顔を出す納戸役のご家来とお引き合わせをいたしましょう」

と、口にした。

「ほんとうですか」

「私も亡骸が瀬尾家の家来だったら、引き取りを拒んだことで寝覚めが悪いですからね。亡骸がほんとうに瀬尾家の家来かどうかはっきりさせたいですから」

「ありがとうございます」

「しかし、その納戸役がほんとうのことを話すかどうかわかりませんよ。上役から亡骸は瀬尾家と関係ないと言うように命じられているかもしれません。あるいは、私がそういう答えをする家来を選んで矢内さまに引き合わせようとしているのかもしれません」

「それはそれで、仕方ないものと割り切ります」

栄次郎は素直に答えた。

「そうですか。納戸役は若槻惣太郎《わかつきそうたろう》どので、三十歳の江戸詰めのご家来です」

「若槻惣太郎どのですね」

「ちょうど明日の昼過ぎに、障子紙の納入の打ち合わせでここに参ります。ここにお出でください」

「ありがとうございます。では、明日」

栄次郎は腰を上げた。


浅草黒船町のお秋の家の前にやって来たとき、大川端から男が近付いて来た。

「矢内さま」

小間物屋の市助だった。

「市助さん、どうしてそんなところに?」

「栄次郎さんがお留守だったので」

「中で待っていてくだされればよかったのに。さあ、入ってください」

土間に入ってから、

「さあ、上がってください」

と勧めたが、市助は遠慮した。

「すぐお暇しますんで。おとよさんから矢内さまが弥三郎さんとのことでお呼びだと聞きましてね」

　市助は土間に立ったまま言う。

「そうですか」

　栄次郎もあっさり言い、

「じつは弥三郎さんとのやりとりで何か他にもあったのではないかと思いましてね」

「ええ。おとよさんから聞いて、いろいろ思い出してみました。それで、ひとつだけ気になることが」

　市助は真顔になって、

「半年前のことなので、すっかり忘れていましたが、弥三郎さんと今戸《いまど》でばったり会ったことがあるんです」

「今戸ですか」

「どちらにときいたら、橋場町《はしばちょう》だと。なんでも、危ないところを助けてくれた浪人が住んでいると言ってました」

「浪人？」

「はい。弥三郎さんはその浪人を信用出来るお方だと言ってました。的場重四郎《まとばじゅうしろう》というお方です」

「的場重四郎ですか。橋場町のなんという長屋か覚えていませんか」

「いえ、そこまでは。でも、真崎《まさき》稲荷の近くだと言っていましたから、あの付近できけばすぐわかると思います。もし、今からでも行くのであればご案内しますが」

「そうですね。お願いしましょうか」

「へい」

栄次郎はお秋にまた出かけてくると言い、外に出た。

駒形町を経て、吾妻橋《あづまばし》の袂《たもと》から花川戸《はなかわど》に向かう。ときおり、市助が左二の腕に手をやっていた。

栄次郎はおやっと思った。深川で賊が襲ってきたとき、突進して来た遊び人ふうの男がいた。その男の左二の腕に剣先を当てたことを覚えている。

栄次郎は並んで歩きながら、わざと体を市助の左二の腕に触れた。うっと、市助が小さく呻き、体を離した。

「どうかしましたか」

栄次郎はとぼけてきいた。

「いえ、なんでもありません」

市助はあわてて答える。

今戸を経て橋場にやって来た。橋場の渡し場を過ぎ、かなたに真崎稲荷の屋根が見えてきた。町の中に入る。

市助は惣菜屋の主人にききに行った。その後ろ姿が逃げて行った男の姿と重なった。やはり、市助はあのときの賊だと確信した。

市助はわかりましたと戻って来た。

「この先です」

しばらく行った先にあった長屋木戸を、市助はくぐった。栄次郎もあとに続く。井戸端にいた女に市助が声をかけた。

「的場重四郎さまのお住まいはどこでしょうか」

女は振り返って、

「的場さまなら引っ越しましたよ」

と、言った。

「引っ越した？　いつですか」

「ふた月ぐらい前かしら」

「どこに行ったかわかりませんか」

「どこかの道場の師範代の仕事が決まったと言ってました」

「どこの道場かわかりませんか」

「さあ、聞いていません」

「大家さんは知っているでしょうか」

市助はきいた。

「さあ、どうでしょうか」

「大家さんの家はどちらです?」

「木戸の横の荒物屋です」

「ありがとう」

市助は礼を言ってから、

「矢内さま。すみません。大家さんにきいてきます」

と、小走りで大家の家に行った。

栄次郎が木戸を出て待っていると、市助が大家の家から出て来た。

「本所のほうの道場だそうです。名前は覚えていないようです。私が探して改めて明日、お知らせにあがります」

「わかりました」

栄次郎と市助は来た道を戻った。

吾妻橋の袂で市助と別れ、栄次郎はお秋の家に戻った。

市助、おとよ、又五郎の三人は栄次郎を斃《たお》すために遣わされた殺し屋に間違いない。

問題は、雇い主が誰かだが、人質立て籠もり事件で弥三郎といっしょに立て籠もった賊の中に市助と又五郎がいたのかもしれない。

へたに動けば姿を晦《くら》ませられるだけだ。どのように立ち向かうか、栄次郎はそのことを考え続けていた。

五

翌日の朝、栄次郎は明神下の新八の長屋に寄ってから、大伝馬町にある『美濃屋』を訪れた。

栄次郎は女中の案内で、昨日と同じ客間に通された。そこでしばらく待たされた。

女中の話では瀬尾家の若槻惣太郎が来ていて、別間で美濃屋と会っているということであった。

栄次郎にどこまで話すか、あらかじめ打ち合わせをしているのだろうか。

四半刻（三十分）後に、ようやく美濃屋が中肉中背の武士を伴って入って来た。栄次郎は一礼をして迎えた。

武士が床の間を背に座り、栄次郎が対座し、美濃屋は両者を等分に見るように障子を背にして座った。

「若槻さま、先ほどお話をした矢内栄次郎さまです」

「矢内栄次郎です」

栄次郎は挨拶をした。

「若槻惣太郎です」

惣太郎は名乗ってから、

「美濃屋どのから妙なことを聞きました」

と、切り出した。

「なんでも、瀬尾家の家来の亡骸が奉行所にあるということですね」

「はい。ご家来と思われます」

「当家に、行方のわからぬ家来はおりません。何かの間違いではありませんか」

「ご家来衆の消息はすべて摑んでいらっしゃるのですか」

栄次郎は確かめる。

「調べています」

「下屋敷にいるご家来も？」

「そうです。ふたりがいなくなったとなれば、屋敷は騒ぎになります。仮に、いくら口を封じても、隠し通せるものではありません」

「…………」

栄次郎は困惑した。

若槻惣太郎が嘘をついている可能性は十分にある。

「失礼なことをおききいたしますが、もし瀬尾家で何か問題があったとしたら、そのことを若槻さまも知ることになるのでしょうか。それとも、重臣方だけで問題を解決してしまうのでしょうか」

「問題とは何でしょうか」

惣太郎は眉根を寄せた。

「はい。たとえば後継ぎをめぐる揉め事とか」

「瀬尾家が後継ぎで揉めることはありません。藩主忠興公はまだ三十歳代です。少なくともあと十年以上は後継ぎ問題は出てきません」

惣太郎はきっぱりと言う。

「後継ぎ以外のことでは？」

「そのようなことはありません」

「国元からどなたか来ていませんか」

「国元？」

惣太郎の目が鈍く光った。

「はい、殿さまのお供で江戸に来られた侍ではなく、臨時でやって来たご家来はいらっしゃらないでしょうか」

「…………」

惣太郎が押し黙った。

「いかがでしょうか」

「矢内どのは何故に、殺されたふたりが瀬尾家の家中の者だと考えるのですか」

惣太郎が逆にきいた。

「その前に、今は殿さまは江戸にいるのですか。それとも国元ですか」

「今年の四月に国元にお帰りだ」

「では、今江戸のお屋敷にいるのは江戸詰のご家来衆だけですか」

「そうです」

「では、国元からどなたかがやって来たら、すぐわかるのでしょうか」

「わかります」

「今は来ていますか」

「…………」

「いかがですか」

「来ている」

「誰が来ているかわかりますか」

「わからない」

「ひょっとして内密の仕事で来ているのでは？」

「…………」

　またも、惣太郎から返事はなかった。

　惣太郎は事件を知らないのではないか。いや、惣太郎が敵側の者だったとしたらすべてこっちのことは知られているのだ。いずれにしても、正直に話しても問題ないと考えた。

「美濃屋さん、座を外していただけませんか」

　栄次郎は頼んだ。

美濃屋は惣太郎と顔を見合わせてから、わかりましたと言って立ち上がった。

惣太郎とふたりきりになって、栄次郎は口を開いた。

「若槻さまは、ふた月ほど前に薬研堀で起きた人質立て籠もり事件をご存じですか」

「知っています。美濃屋が言うには、その事件に瀬尾家が関わっているとそなたは思っているとのことでしたが」

「はい。その人質立て籠もり事件でふたりが殺されました。このふたりは公儀隠密でした。御庭番です」

「なんですと」

惣太郎は目を剝いた。ほんとうに知らなかったようだ。

「あの人質立て籠もり事件は隠密のふたりを亡きものにするために仕組まれたのです。何もなくふたりを殺せば、下手人は想像がついてしまうからです」

「矢内どのは、それが瀬尾家だというのですか」

「確たる証があるわけではありませんが、私はそう思っています。御庭番のふたりは国元で何かを探っていたのです。そこで何かを掴んだのでしょう。そして、江戸でも何かを確かめようとしていた。そのことに気づいた瀬尾家の重臣が御庭番を殺すように命じたのです」

「…………」

「先日、人質立て籠もり事件の首謀者として弥三郎という男が引回しの上に獄門になりました。弥三郎は一身に罪をかぶったのですが、それは直参の塚本家の再興を願ってのことでした。塚本家再興を瀬尾家は託されたのです。ところが、瀬尾家は約束を反故《ほご》にしようとしたのです」

　その後、小平次という男が殺された話をした。

「弥三郎が書き記した証拠の書付を奪おうとしたのです。さらに、この件を追及している私を亡きものにしようとしました」

「矢内どのを襲ったのは瀬尾家の者だと？」

「私はそう睨んでいます。私を襲った三人組の侍のうちのふたりを取り押さえましたが、私が目を離した隙に、ふたりは仲間に殺されました。その亡骸の顔を確かめれば、瀬尾家が関わっているかいないかはっきりするはずです」

「…………」

　惣太郎は腕組みをして考え込んだ。

　栄次郎は惣太郎の口が開くのを待った。庭から雀《すずめ》の鳴き声が聞こえただけで、あとは物音ひとつしなかった。

惣太郎はまだ腕組みをしていた。

風除け稲荷で死んだのは国元から御庭番のふたりを追って来た侍かもしれない。

「いかがでしょうか」

返事がないので、栄次郎は声をかけた。

「はじめて聞くことだらけだ」

惣太郎はやっと腕組みを解いて口を開いた。

「矢内どのの話が事実かどうか、私には確かめようがない」

「亡骸が国元のご家来かどうか確かめることは出来ませんか。国元のご家来衆を知っているお方がいればどうか南町まで……」

「私の一存でどうにかなるものではない」

「早くしないと亡骸も腐敗が進み、顔の判別が出来なくなります。印籠などの身につけていた物もありますが」

「話は承《うけたまわ》った」

惣太郎は話を打ち切ろうとした。

「若槻さま」

栄次郎は食い下がった。

「なぜ、私の言い分を否定なさらなかったのですか。瀬尾家への無礼な疑いに抗議しようとなさらなかったのですか」

「…………」

「何かお心当たりが？」

「矢内どの。最前、塚本家再興を瀬尾家が約束したと言ったが、一大名の瀬尾家に直参の御家再興を促すことなど出来ぬ」

「でも、瀬尾家にはそれが出来る幕閣との繫がりがあるのではないかと思っています」

「失礼する」

いきなり、惣太郎はすっくと立ち上がり、部屋を出て行った。

ひとり残された栄次郎は惣太郎とのやりとりを振り返ってみた。惣太郎は何かに気づいたのだと思った。

浅草黒船町のお秋の家に帰ると、二階の部屋で新八が待っていた。

「すみません」

「いえ。又五郎やおとよのことをきいてまわりましたが、ふたりとも今の長屋に住みついたのはひと月前です。それ以前はどこにいたか、わかりません」

「そうですか」

それからしばらくして、お秋が呼びに来た。

「栄次郎さん、市助さんがお見えです」

「わかりました」

栄次郎は立ち上がり、刀を持って、新八に目顔で合図をして階下に行った。

市助が待っていた。きょうも小間物屋の荷を持っていない。

「矢内さま。的場重四郎さまの居場所がわかりました」

「行きましょう」

「はい」

栄次郎はお秋に声をかけて、市助といっしょに土間を出た。


四半刻（三十分）余り後、栄次郎と市助は本所の横川《よこかわ》にかかる法恩寺橋《ほうおんじばし》を渡った。渡ったところが出村町《でむらちょう》だ。町中に入る。

「道場はあそこです」

市助は右手で指を差す。剣術道場の門が見えた。道場の武者窓から通りがかりの者が道場の稽古を見物していた。

「的場さまの都合を聞いて参ります」

そう言い、市助は道場の玄関に向かった。

栄次郎は背後を振り返った。新八が町角に立っていた。

市助が戻って来た。

「法恩寺の山門で待っていてくれということです」

「わかりました」

素直に応じ、栄次郎と市助は法恩寺に向かった。

門前町は参詣人で賑わっていた。山門を出入りするひとも多い。山門の脇で待っていると、がっしりした体格の侍がやって来た。

「的場さまです」

市助が耳打ちした。

的場重四郎が近付いて来た。三十半ばだ。

「的場さま。お話をした矢内さまです」

重四郎は栄次郎の前に立った。

「矢内栄次郎です」

「的場重四郎だ。弥三郎のことでききたいそうだが」

「矢内さま。私はこれで……」

市助が引き上げようとした。

「ありがとうございました」

栄次郎は礼を言い、山門を出て行く市助を見送った。

「ここはひとが多い。場所を変えよう」

重四郎は言い、山門を出た。

栄次郎もついて行く。

重四郎は法恩寺の脇から裏手にまわった。柳島村《やなぎしまむら》の田畑が広がっていた。

法恩寺の脇に大きな銀杏《いちょう》の樹があった。重四郎はその樹の近くに行き、振り返った。

「で、何がききたいのだ?」

「的場さまは弥三郎さんとは長いのですか」

「一年ほどになろうか」

喋《しゃべ》りながら重四郎は移動した。栄次郎の視線が重四郎を追う。

「親しくされていたのですか」

「そうだ、時折、酒を呑んだ」

「そうですか。弥三郎さんは左利きでしたからお互いに酌《しゃく》をし合うとき、難渋したのではありませんか」

「そうだな」

「的場さまは弥三郎さんから何か頼まれましたか」

「いろいろな」

「たとえば？」

「そうよな」

重四郎は顔を天に向けた。さっきまで空は青く澄み渡っていたが、陽が傾いてだいぶ紺色に染まってきた。

重四郎は天に顔を向けたまま、

「矢内どのは弥三郎とはどのような関係なのだ？」

と、栄次郎の問いかけには答えずに逆にきいた。

「敵同士です」

「敵？」

「ええ」

重四郎はさっきから来た道を気にしていた。

「どなたかお待ちですか」

栄次郎はきいた。

「いや、なぜだ？」

「仲間を待っているように思えましたので」

「なに？」

「市助さんとはどのような間柄ですか」

「関係などない。昨夜、いきなり訪ねて来ただけだ」

「それなのに市助さんの言うことを素直にきいたのですね」

「…………」

「的場さまは弥三郎さんとときたま酒を呑む仲だと仰いましたね」

「それがどうした？」

「弥三郎さんは左利きだと言いましたが、そうじゃありません。右利きです」

「…………」

「そなた」

重四郎は顔を強張《こわば》らせた。

「的場さま。弥三郎さんとは面識ありませんね」

「おのれ」

重四郎が抜き打ちざまに斬りつけてきた。栄次郎は横に跳んだ。剣は空を切った。

「市助さんに頼まれたのですか」

栄次郎は問いかける。

重四郎は八相《はっそう》に構えて迫ってきた。栄次郎は迎え撃ち、居合腰から抜刀した。激しく剣と剣がかち合い、火花が散った。

休む間もなく、重四郎は斬りつけてくる。栄次郎はそのたびに剣で跳ね返した。

地を蹴る足音が重なって聞こえた。四人の浪人が駆けつけて来た。いずれもいかつい顔をした連中だった。

栄次郎を取り囲み、剣を突き付けた。

「全部で五人ですか。たかがひとりのために大仰ではありませんか」

正面に重四郎が立ち、栄次郎を取り囲んだ。

「容赦はしませんよ」

栄次郎は両手を下げて自然体で立った。囲んでいる五人は剣先を向けながら徐々に迫ってきた。

栄次郎はまだ動かない。さらに間合いを詰めてきた。栄次郎はじっとしている。さらに迫った。

いきなり、左手の浪人の剣が動いた。と、同時に他の浪人も斬り込んできた。栄次郎は居合腰から抜刀し、体を一回りさせながら剣で振り払った。

そして、栄次郎は剣を頭上でまわして鞘に納めた。辺りで三人が腕を押さえてうずくまっていた。もうひとりは剣を構えたまま茫然と立っている。

的場重四郎は表情を変えずに栄次郎を見ていた。

「的場さま。まだ、やりますか」

栄次郎は問いかける。

「いや。そこまでしてそなたと闘う必要はない」

重四郎は抜き身を下げた。

「お金をもらっているのではありませんか」

「半金だ。残りはもらえぬな」

「誰に頼まれたのですか」

「それは言えぬ。信義の問題だ」

「そうですか。このひとたちは腕を斬っただけです。早く手当てをさせないと二度と剣を持てなくなりますよ」

栄次郎は倒れている四人に目を向けた。

「立つんだ」

重四郎は叱りつけるように言う。無傷のひとりが三人の腕に手拭いを巻いて血止めをした。三人は苦痛に顔を歪めながら立ち上がった。

重四郎とともに四人は去って行った。

市助は戻って来なかった。

第四章　密約

一

翌朝、栄次郎は明神下の新八の長屋に寄った。

腰高障子を開け、土間に入る。新八はあわてて起き上がった。

「すみません、起こしてしまいましたか」

「いえ、もう起きなきゃならなかったんです」

ふとんを片づけながら、

「栄次郎さん。あとでお伺いしようと思っていたんですが」

と言い、畳んだふとんを枕屏風《まくらびょうぶ》で隠してから上がり框《かまち》の近くに腰を下ろした。

「昨日、市助は浪人たちが退散するまで見ていました。襲撃に失敗したことを知ると、その場を去り、竪川を越えて、瀬尾家の下屋敷に入って行きました」

「やはり、下屋敷に入りましたか」

「で、夜になって下屋敷に忍んでみました。市助は表長屋の部屋で休んでいました。夜の五つ（午後八時）に、市助は長屋の別の部屋に行きました」

「誰かに会いに行ったのですね」

「ええ。いつぞや、深川の五百羅漢寺の近くの隠れ家にいた四十歳ぐらいの侍が待っていました」

「やはり、瀬尾家の家来でしたか」

「そこにもうひとり、三十半ばぐらいの大柄な侍がいました。鷲鼻《わしばな》の鋭い顔付きの男です。市助もその侍のほうに気を使っているようでした」

「鷲鼻の侍ですか」

　はじめての顔だ。

「どんな話をしていたかわかりましたか」

「いいえ。長屋は天井裏も狭く、床下も低く、潜り込めませんでした。その代わり、鷲鼻の侍が帰るのをつけました」

　新八は間を置き、

「どこに帰ったと思いますか」

と、きいた。

「瀬尾家の上屋敷ではないのですか」

栄次郎は不思議そうにきいた。

「いえ」

「違う？　まさか、西《にし》の丸《まる》下……」

「そうです。老中屋敷です」

新八は驚いたように、

「栄次郎さんは想像がついていたんですか」

「いえ、塚本家再興を瀬尾家が果たせるわけはありません。瀬尾伊勢守さまは老中に頼むつもりだったのではないか。つまり、伊勢守さまは老中と親しい関係にあったのではないかと思ったのです。ですが、まさか……」

栄次郎は言葉を失った。

「さすがに老中屋敷に忍び込むことは出来ませんでしたが、あの侍は老中稲葉越前《いなばえちぜん》守《のかみ》さまの家来に違いありません」

「御庭番殺しは稲葉越前守さまと瀬尾伊勢守さまの共謀……」

栄次郎は信じられなかった。

御庭番が掴んだのは瀬尾家の御家騒動ではなく、稲葉越前守とのつながりで何かがあったのではないのか。

「何かいやな予感がします」

栄次郎は思わず呟いた。

「塚本家再興の約束を反故《ほご》にしたことで小平次さんを殺したと思っていましたが、それだけではない何かが進められているのかもしれません」

「それはなんでしょうか」

「わかりません」

栄次郎は胸騒ぎがした。いったい、何をしようとしているのか。そもそも、御庭番は何を掴んだのか。

「新八さん。その鷲鼻の侍が何者なのか調べていただけませんか」

「わかりました。今夜にでも老中屋敷に忍んでみます」

「十分に気をつけて」

「ええ、任してください」

新八は微笑《ほほえ》んで請け合った。

栄次郎は新八と別れ、浅草黒船町のお秋の家に行った。

するとと、原田徳之助と岡っ引きの与平が二階の部屋で待っていた。

「今日は早いですね」

栄次郎は言い、ふたりの前に腰を下ろした。

「じつは今朝早く、瀬尾家家来の若槻惣太郎どのが連れの侍とともに奉行所にやって来て、先日の亡骸《なきがら》を確かめていった」

「ほんとうですか。で、どうだったのですか」

「知らない顔だと」

「知らない顔？　それは若槻さまが言ったのですね。連れの侍は何と？」

「何も言わなかった」

「連れの侍の様子はどうでしたか」

「終始、厳しい顔で口を閉ざしていた」

「原田さまはどう思いましたか」

「わからぬ。ただ、若槻どのの言葉が引っ掛かる。瀬尾家の者ではないと言い切ったのではない。ただ、知らぬ顔だと言っただけだ」

「若槻さまは亡骸の顔を最初から知らない男だとわかっていたのです。だから、連れが必要だったのです」

「連れは何も言わなかった」

「何も言わなかったことこそ、瀬尾家の国元からやって来た侍である証左だと思います」

「うむ」

「原田さま。人質立て籠もり事件のとき、弥三郎たちの隠れ家にいた侍が瀬尾家の下屋敷にいることがわかりました」

「すると、もはや瀬尾家が関わっていることは疑いようがないか」

「間違いありません。それに、老中稲葉越前守さまのご家来とも繋がっているようです」

栄次郎は事情を説明した。

「わかった。ともかく、与力の芝田さまと相談してみる」

徳之助が答えたあと、

「矢内さま」

と、与平が声をかけた。

「弥三郎が通っていた五条天神裏の店がわかりましたぜ」

「そうですか」

「『明烏《あけがらす》』という店のお染《そめ》という女のところに通っていたようです。お染に会って話をききましたが、弥三郎はただの客だと言うだけで、何も預かったことはないと。岡っ引きだから警戒したのかもしれませんが」

「私も話をきいてみます」

栄次郎は言った。

「では」

徳之助と与平が立ち上がった。

「原田さま」

栄次郎は徳之助の顔を見上げ、

「又五郎はどうしていますか」

と、きいた。

「見張りをつけているが、今は出歩いているそうだ」

「夜はちゃんと長屋に帰っているのですか」

「帰っています」

「そうですか。すみません、お引き止めして」

徳之助と与平は引き上げた。

そのあとで栄次郎も出かけた。行先は大伝馬町の『美濃屋』だ。

四半刻（三十分）後に『美濃屋』の客間で、美濃屋と向かい合った。

「若槻さまは南町に出向き、例の亡骸を検《あらた》めたそうです。瀬尾家の家来だとは言わなかったということですが、だからといってそうではないと言い切れません」

「…………」

「若槻さまにお会いしたいので取り次いでいただけませんか」

「夕七つ（午後四時）に、若槻さまはここに参られます。若槻さまがお会いになると仰いましたらお会い出来るように取り計らいましょう。拒まれたらそれまでということで」

「わかりました。ところで、若槻さまはどんな用で？」

「さあ、わかりません」

「そうですか。ともかく、夕七つまでにここに参ります」

栄次郎はいったんお秋の家に戻った。

三味線の稽古をする気にもなれず、待ち遠しい時を過ごした。

ようやく、夕七つに近付いてきて、栄次郎はお秋の家を出た。

再び、『美濃屋』を訪ねると、すぐに客間に通された。

が、前と同じようにだいぶ待たされ、美濃屋と若槻惣太郎が揃って入って来た。

「お待たせいたしました」

ふたりは腰を下ろしたあと、惣太郎が言った。

「亡骸はいかがでしたか」

「やはり、私の知らない顔でした」

「お連れの方はなんと？」

「いえ、聞いていません」

「どうしてですか。そのお方に確かめてもらうためにお連れしたのではありませんか」

「…………」

「ふたりは国元からやって来たお侍ですね」

「矢内さま」

美濃屋が口を入れた。

「私どもが亡骸を引き取り、供養させていただくことになりました」

「そのことを頼みに若槻さまはここにいらっしゃったのですね」

「…………」

やはり、惣太郎は無言を貫いたが、逆に肯定していることと同じだ。

「では、私は向こうに行っております」

美濃屋は部屋を出て行った。

「若槻さま。下屋敷に国元からやって来たご家来が何人かおりますね。その中に、人質立て籠もり事件に関わっていた侍がおられるはずです」

惣太郎の眉が微《かす》かに動いた。

「もはや、瀬尾家の国元の者たちが江戸で蠢《うごめ》いていることは明白です。そのことを、江戸詰のひとたちは知らされていなかったのですね」

「…………」

惣太郎は答えないことで肯定している。

「じつは、下屋敷に老中稲葉越前守さまのご家来が密かに来ていました」

「老中……」

はじめて、彦太郎は口を開いた。

「そうです。殺された御庭番は国元で瀬尾家と老中との間で何かが行なわれることを探り出したのではないでしょうか。そのことに気づき、国元から追手が送り込まれたというわけです」

栄次郎は膝を進め、

「若槻さま。瀬尾家と老中は何をしようとしているのでしょうか」

と、きいた。

「そんな話、信じられぬ」

「事実です。そのために何人か死んでいます。このまま見捨てておいていいのですか。場合によっては、瀬尾家は存亡の危機に陥《おちい》るかもしれません」

「…………」

惣太郎は目を見開いた。

「若槻さま。これから何かが起こる可能性は高いと思われます。それは国元でです。何か心当たりはありませんか」

「ない」

惣太郎は首を横に振った。

「いや、あるはずです。老中が絡んでいるのですから国元だけで片づく問題ではないはずです。江戸にもそのことに加担しているお方がいるはずです。重臣です」

「…………」

　惣太郎は呻いた。

「もし、若槻さまがその策謀の仲間であれば、もはや私たちが何をやっても無駄でしょう。しかし、若槻さまが仲間でないなら、これから起こることを阻止しようとしなければ生涯後悔し続けることになります」

　栄次郎は必死に説いた。

「私にもわからない」

　惣太郎が苦しげな表情で、

「藩主伊勢守忠興さまはまだ三十七歳。正室に十五歳の若君、側室に十三歳の男の子がいる。後継ぎの話をするには早すぎる」

「伊勢守さまはお体のほうは？」

「頑健です。病気などとは無縁だ」

「そうですか。では、瀬尾家には大きな問題はないのですね」

　栄次郎がきくと、惣太郎は暗い顔をした。

「何か、おありで？」

「うむ」

「なんでしょうか」

「いや、瀬尾家の恥を晒《さら》すことになりますから」

「そのことがきっかけになっていることはあり得ないのですか」

「…………」

惣太郎は考え込むように俯《うつむ》いた。

が、すぐに顔を上げた。

「伊勢守さまには弟君の忠恒《ただつね》さまがおられる。兄以上に有能なお方です。今、藩はたいへんな財政難にある。そんな厳しい状況を伊勢守さまには乗り越える力はない。これまで豪商から金を借りたり、新しい産業を起こしたり、すべて忠恒さまがやられてきた。忠恒さまには進取のお心があるのです」

「新しい産業とは？」

「塩田です。赤穂《あこう》に負けない塩を作り出すことに成功したのです。忠恒さまの長年向き合ってきたことが芽を出してきた。そのことから、ますます忠恒さまへの期待が高まっていったのです」

「ひょっとして、伊勢守さまを藩主の座から引きずり下ろし、忠恒さまにという動きが……」

「そういう考えの者が多いでしょう。でも、そこまで深刻だということは耳に入っていません」

「伊勢守さま派と忠恒さま派が対立していることは間違いないのですね」

「国元ではそうなのかもしれない。我ら江戸詰の者は国元におられる忠恒さまとはほとんど交わることはないですから」

「ご老中との関係は？」

「稲葉越前守さまの藩も塩を作っているんです。稲葉家から瀬尾式の塩の製造技法を教えてもらいたいと申し入れてきました」

「それで教えを？」

「いや、丁重にお断りしたはずです。稲葉家に同じものを作られたら、瀬尾家の塩ではなくなり、利益を上げられることは出来なくなりますから」

「でも、妙ですね。ご老中と瀬尾さまはつるんでいるんです」

「そこはわかりません」

「今、お伺いした限りでは、御庭番が瀬尾家を探索するというわけがわかりません。しかし、御庭番を殺しているのです。よほどのことがあったはずです」

「…………」

惣太郎は厳しい顔になった。

「それを調べることは出来ませんか」

「無理です」

惣太郎は首を横に振った。

「上屋敷にいるご家老らの重臣の中で、誰がこの企みに加わっているのかわかりませせん。相談した相手が一味だということがあり得るのです」

「何かもっと企みがあるはずです。のんびり構えていたら、取り返しのつかないことになりかねません。なんとかして敵と味方を……」

「…………」

惣太郎は深くため息をついた。

「実際に動いているのは国元の者たちですね」

「そうです。十人ほど下屋敷に滞在しています」

「江戸に来た目的はなんと？」

「塩の販路を調べるためということです」

「その形跡はありますか」

「さあ」

「奉行所で見た亡骸は国元のご家来ですね」

栄次郎は改めてきいた。

「そうです」

惣太郎は今度ははっきり認め、

「美濃屋さんに頼んで仮埋葬をしてもらい、しかるべきときに遺骨を身内に返して上げたいと思っています」

と、しんみり言った。

「若槻さまは上屋敷で身動き出来ないかもしれませんが、私たちは調べを続けています。また、何かあったら手を貸してください」

「もちろん」

惣太郎ははっきりと答えた。

「では、私は」

栄次郎は挨拶をして立ち上がった。

『美濃屋』をあとにし、栄次郎は上野山下の五条天神に向かった。

二

栄次郎は五条天神裏にやって来た。間口の狭い二階家の店が昼間から客の呼び込みをしていた。

『明烏』という店を探し、その戸口に立っている白粉《おしろい》の濃い女に近付き、

「お染さんはおりますか」

と、きいた。

「お染ちゃんが目当てなの」

女はつんとしながらも、店に入り、

「お染ちゃんによ」

と、遣《や》り手婆に声をかけた。

遣り手婆がお染を呼んで来た。細面で首の長い、二十四、五歳のどこか寂しそうな顔の女だった。

お染は不思議そうに栄次郎を見て、

「どうぞ」

と、声をかけた。

「お侍さん。刀は預かりますよ」

遣り手婆が言う。

栄次郎は刀を預け、お染のあとに従って階段を上がった。

紅い鏡台と衣紋《えもん》掛けがあるだけの三畳の部屋に入る。隣りの部屋にふとんが敷いてある。

「はじめてね」

お染が口を開いた。

「弥三郎さんから聞きました」

栄次郎は答える。

「弥三郎さん……」

障子の外で物音がした。遣り手婆が酒を運んで来て廊下に置いたのだ。障子を開けて、お染は酒肴《しゆこう》と猪口《ちよこ》を部屋に入れる。

「弥三郎さんのことで岡っ引きが来たわ。お侍さんも同じ用事で来たのね」

お染はしらけたように言い、手酌で酒を注いで口に運んだ。

「すみません」

栄次郎は素直に謝《あやま》る。

「別に謝らなくてもいいんですよ」

お染は気だるそうに言う。

「弥三郎さんがどうなったかご存じですね」

「ええ、知っているわ。引回しで、見たもの」

「弥三郎さんとはいつからのつきあいですか」

「三年かしら。よく来てくれたわ」

「あなたを信用していたようですね」

「さあ、どうかしら」

「でなければ、書付を預けません」

「…………」

お染は警戒ぎみに栄次郎の顔を見た。

「そんなの知りませんよ」

お染は言う。

「その書付、何が書いてあったか見ましたか」

「見ませんよ」

お染は言ったあとで、あっと口を塞いだ。

「やっぱり、預かったんですね。小平次という男が訪ねて来たら書付を渡してくれと、弥三郎さんは頼んだのですね」

「…………」

「そうなんですね。でも、小平次は現れなかった」

「どうしてそれを？」

「弥三郎さんが引回しのとき、裸馬から私に口の形で、こへいじと言ったのです。それで小平次さんを探したのです。ですが、小平次さんは殺されていました」

「…………」

「書付はあなたがお持ちですか」

「持っていません」

「弥三郎さんはどんな思いで、あの書付を書いたと思いますか。弥三郎さんは昔、ある武家屋敷に……」

「知っています」

「そうですか。弥三郎さんから聞いたのですか」

「…………」

お染は答えなかった。

「お願いです。書付を渡していただけませんか。弥三郎さんの思いを果たすためにも」

「持っていません」

お染はきっぱりと言った。

「でも、預かったのですよね」

「預かりました」

「では、どうしたのですか」

「すみません。言えません」

「誰かに渡したのですね」

「…………」

お染は俯いた。

「誰にですか」

「言えません」

「その人物はあなたが書付を持っているのを知っていてやって来たのですか」

「そうです」

「なぜ、小平次さんではなく、そのひとに？」

「小平次さんが死んでしまったからです」

「あなたは信用出来るひとだと思ったのですね」

「はい。弥三郎さんの思いを果たしてくれるひとに」

「弥三郎さんの思いを……。まさか」

栄次郎はひとりの人物の顔が浮かんだ。

「そのひとは……」

栄次郎は言いさした。

お染はその人物と約束をしたのだろう。誰にも名前を出さないと。お染を追い詰めてはいけないと思い、それ以上の追及は諦めた。

「わかりました」

栄次郎は素直に引き下がり、

「一杯いただいてよろしいですか」

と、酒を催促した。

「ええ、どうぞ」

猪口を寄越し、お染は酒を注いでくれた。

栄次郎は呷《あお》るように呑み干した。

そして、財布を取り出した。

「もうお帰り？」

「あなたが困らなければ」

早く引き上げると、客が敵娼《あいかた》を気に入らなかったのだと遣り手婆から厭味を言われたりしないかを気にしたのだ。

「お代さえちゃんといただければ」

お染は割り切って言う。

「ちゃんと払います」

栄次郎は金を多めに払った。

階下で刀を受け取り、栄次郎は外に出た。戸口まで見送りにきたお染に、

「喜平さんですね」

と、囁いた。

お染は口をあんぐりさせた。

栄次郎はそのまま『明烏』を去って行った。

やはり、書付は喜平が持っているのだ。喜平は口では塚本家再興を望まないと言っ

ていたが、本心は弥三郎の遺志を受け継いでいるのだ。

栄次郎は上野山下から湯島切通町《きりどおしちょう》に出て本郷を経て小石川の天正寺にやって来た。

境内に喜平の姿はなかった。本堂から出て来た僧侶に、寺男の喜平がどこにいるかきいた。庫裏の裏手に小屋がある。そこが喜平の住まいだという。

栄次郎はその小屋に行った。

戸を叩き、声をかけて開けた。

喜平が四畳半の部屋の真ん中に座って煙草《たばこ》を吸っていた。

「また、あなたですか」

煙管《きせる》を口から放し、喜平は表情を曇らせた。

「少しよろしいですか」

「なんですね」

喜平は煙草盆の灰吹《はいふき》に雁首《がんくび》を叩いて灰を落とした。

「五条天神裏の『明烏』のお染さんに会ってきました」

「………」

「弥三郎さんが書付を預けた相手はお染さんだったのですね」

「さあ、なんのことか」

「ところがお染さんは書付を持っていませんでした。誰かに渡したそうです。お染さんはその人物の名を言おうとしませんでしたが、私はとっさに喜平さんだと思いました」

「それは思い過ごしです」

「お染さんは弥三郎さんが塚本家に奉公していたことや何をしようとしているかを知っていました。きっと書付を手に入れるために、喜平さんが話したのだと思いました」

「…………」

「喜平さん。あなたは塚本家再興を望まないと仰ってましたね」

「ええ、そうです」

喜平は表情を変えずに言う。

「なのに、なぜ書付が必要なのですか」

「不要です」

「では、その書付は?」

「ありません」

喜平は平然と言った。

「ないというのは？」

「処分しました」

「処分？」

栄次郎は耳を疑い、

「書付の中身は、瀬尾家と老中稲葉越前守さまとの関わりが記されているのではありませんか。書付があれば、人質立て籠もり事件の真相や、これから起こるであろう不正な企みを阻止出来るのです」

と、訴えた。

「そのようなことに興味はありません。ただ、弥三郎の書付によって小平次が殺されたり、他に死者まで出た。書付こそ元凶です」

「ほんとうに処分したのですか」

「焼きました」

「嘘ですね」

栄次郎は言い切った。

「なぜ、嘘だと？」

「確かに書付をめぐって争いが起きていることは事実です。しかし、単に書付を処分したって無駄ではありませんか。瀬尾家もそのことを認めないと引き下がりません。瀬尾家に話したのですか」

「…………」

「話していないようですね。なら、瀬尾家はまだ書付を探し出そうとし、その書付を見つけようとしている私を殺そうとしてくるはずです」

「…………」

喜平は押し黙ったままだ。

「どうなんですか」

「書付が見つからなければ、いずれ争いもなくなる」

喜平はようやく口を開いた。

「それまでに何人か犠牲者が出るかもしれません。書付が見つからなければ、争いがずっと続く可能性さえあります」

喜平は顔を横を向けた。

その厳しい横顔を見て、栄次郎はあっと思った。

「ひょっとして、瀬尾家と取引をしたのではありませんか」

喜平は横顔を向けたままだ。

「やはり、弥三郎さんの遺志を受け継いで……」

喜平はそれ以上、口を開こうとしなかった。

諦めて、栄次郎は小屋を出た。

喜平は書付を持っているのだと思った。やはり、塚本家再興のために、瀬尾家と掛け合っているのではないか。

喜平は当てに出来ない。こうなったら、市助、およよ、そして又五郎から攻めていくしかないと、栄次郎は決心して霊岸島に向かった。


半刻（一時間）余り後、栄次郎は本八丁堀五丁目の甃右衛門店の木戸を入った。

見張りの姿が見えない。又五郎が出かけ、あとをつけたのかと思ったが、又五郎は自分の住まいにいた。

「これは矢内さま」

又五郎は居住まいを正した。

「その後、何も変わったことはなかったですか」

栄次郎はいつもどおりの態度で接した。

「ええ。見張りがついていますから」

又五郎は顔をしかめた。

「見張られていたら不自由でしょうね」

「ええ、出かければつけてくるし、やっかいなものです」

又五郎は不満を口にした。

「今は見張りはいませんでした。もう何もないと考え、見張りの役目が疎《おろそ》かになっているのかもしれませんね」

「ええ、もうだいじょうぶですよ」

又五郎は声を高めた。

「同心の原田さまにそう伝えておきます」

「お願いします」

「じつは、又五郎さん。書付の件で新たなことがわかりました」

「なんですか」

又五郎は身を乗り出した。

「弥三郎さんはある女郎屋に通っていたんです」

「女郎屋？」

「ええ。小平次さんもその女郎屋に行っていました」

「ふたりが同じ女郎屋に？」

「ええ。それで、弥三郎さんの馴染みの妓が書付を預かっているのではないかと思われるのです」

「…………」

又五郎の目が鈍く光った。

「でも、弥三郎さんはあなたに白虎稲荷のことを話したのですよね」

「そうです。でも、白虎稲荷が見つからないのは変です。ひょっとしたら、白虎稲荷とはその女郎屋の隠語だったのでは」

又五郎が口にした。

「ええ、私もそう思いました。じつはそこはただの女郎屋ではなく、見た目はふつうの家なんだそうです。だから、ふたりは隠語で呼び合っていた可能性があります」

「どこなんですか」

「不忍池の西岸です。で、又五郎さんにお願いがあるんです」

「なんでしょう」

「その女郎屋に客として入って妓から話を聞いていただきたいんです」

「わかりました」

「では、明日の暮六つ（午後六時）に、不忍池の辺《ほとり》にある寺の山門で待ち合わせましょうか」

「暮六つですね。畏まりました。でも、見張りにあとをつけられるのも」

「だいじょうぶです。もう見張りもいないと思います」

「そうでしょうか」

「ええ。原田さまによく話しておきますから」

「わかりました」

「では、明日」

栄次郎は土間を出た。

木戸口にさっきはいなかった奉行所の小者がいた。栄次郎は近付いて声をかけた。

「又五郎さんは出かけると思いますが、どこに行ったか、見届けてください」

「わかりました」

「それから、原田さまに明日の昼前に浅草黒船町の家に来るように伝えてくださいますか」

栄次郎はそう頼んでから浅草黒船町のお秋の家に戻った。

三

翌朝、栄次郎はいつもより早めにお秋の家にやって来た。

それから四半刻（三十分）後に、原田徳之助と与平がやって来た。

二階の部屋でふたりと向かい合った。

「何か」

徳之助が促す。

「じつは不忍池の西岸に捕り方を待機させていただきたいのです」

栄次郎は又五郎のことを話した。

「そもそもは、小塚原で獄門台の弥三郎さんと対面していたとき、すぐ隣りで念仏を唱えていた小間物屋の市助と知り合ったのがきっかけでした。市助の話から弥三郎さんが親しくしていたおとよ、それから又五郎と出会ったのです。この三人は私を殺す役目を負っているようです。これまでに三度襲われましたが、すべて又五郎が賊を手引きしていました」

栄次郎は息継ぎをし、

「今夜暮六つに不忍池の辺にある寺の山門で待ち合わせています。そこから池の西岸を行きます。人気《ひとけ》のないところで、今度が最後という覚悟で襲ってくるかと思います」

「わかった、手配しよう」

「それから又五郎の見張りを解いてくださいますか。自由に動かしたいのです」

「わかった。すぐ解こう」

「お願いいたします」

栄次郎は頭を下げた。

「そうそう、見張りの小者の話では、昨夜又五郎は北森下町の幸兵衛店に行ったそうだ」

「おとよの家です。又五郎はおとよに会いに行きましたか。おそらく、おとよが瀬尾家の下屋敷に今夜のことを知らせに行ったのでしょう」

栄次郎はそう想像した。

引き上げるふたりを見送ったあと、栄次郎は昂った気持ちを落ち着かせようと、久しぶりに三味線の稽古に没頭した。

昼食に握り飯を食うと、再び三味線を弾いた。事件の核心に近付きつつあるせいか、余計なことを考えることなく、ひたすら三味線を弾いた。

陽が翳ってきたとき、ようやく三味線を置いた。

そして、刀を手に階下に行った。

「あら、お出かけ」

お秋が困惑したように言う。

「ええ、今夜は戻りません」

「あら、困ったわ」

「何か」

「旦那が栄次郎さんに話があるそうなの」

「崎田さまが？」

もしかしたら、老中からお奉行に何か言ってきたのではないか。探索をやめろと。

「そうですか。残念ですが、よろしくお伝えください」

「遅くても来られないの」

「そうですね」

不忍池での成り行きを考えたが、五つ（午後八時）までに戻ることは難しい。

「五つ半（午後九時）までに戻れそうなら」

栄次郎はそう言い、お秋の家を出た。

不忍池の辺にある寺の山門に着いた頃、西の空は赤く染まっていた。

山門の脇にまだ又五郎の姿はなかった。夕方になって、急にひんやりしてきた。又五郎はどんな企みをもってやって来るのか。

西の空の赤みも徐々に消えかかっていく。ふと、池之端仲町のほうから男がやって来るのが見えた。又五郎だった。

栄次郎は山門を出た。又五郎が近付いて来た。

「矢内さま、お待たせいたしました」

又五郎は頭を下げた。

「いえ。では、行きましょうか」

栄次郎は言い、寺の脇を通って池の辺に出た。そこで寛永寺《かんえいじ》の鐘が鳴りはじめ、暮六つを告げた。

池の西岸に向かう。東岸のほうに料理屋や出会茶屋の提灯《ちょうちん》の明かりが輝いていた。

西岸にある料理屋が並ぶ一帯を過ぎると、雑木林になり、月明かりも届かず、辺りは暗かった。

栄次郎と又五郎は木立の中を行く。静かだ。

「矢内さま。なんという女郎屋なのですか」

「名前はわかりません。ただ、一軒しかないそうですからすぐわかるようです」

栄次郎は出まかせを言う。

横に並んでいる又五郎はときおり懐《ふところ》に手をやった。匕首《あいくち》を呑んでいるようだ。不意をついて、匕首を突き刺すつもりのようだ。

又五郎は何度かため息をつき、懐から手を出した。

前方に黒い影が現れた。頭巾で顔を覆い、袴《はかま》を穿いた大柄な侍だ。

「何ですか」

栄次郎は声をかける。

「矢内栄次郎か」

頭巾の侍がきく。

「私のことを知っているのですか」

栄次郎は微かに微笑み、

「瀬尾家のお方ですか。それとも西の丸下の……」

と、きいた。

「ただ、そなたを斃《たお》したいだけだ」

「それは困ります」

栄次郎は首を横に振り、

「どうしても私を斃すというなら、その前にあなたの名前をお聞かせください」

「死に行く者に話しても無駄だ」

侍は剣を抜き、正眼に構えた。

「どうしてもやるのですか」

「覚悟してもらおう」

正眼に構えた剣先は栄次郎の目をとらえている。どっしりとし、まるで巨木がそそり立っているような威圧感があった。栄次郎の目にぴったとつけてくる剣先はまるで生き物のようだ。

これまで現れた敵とは雲泥の差だ。おそらく、剣術指南役をもこなすほどの腕だ。栄次郎は思わぬ強敵の出現に身を引き締めた。

栄次郎は両手をだらりと下げ、自然体で立った。強敵に対するときはいつもするように、栄次郎は目を閉じた。

間合いを詰めてくる相手の動きが止まった。栄次郎は微動だにしない。

それからまた相手の動きがはじまった。さらに間合いが詰まったが、すぐ相手は足を止めた。

そのまま相手は動かなかった。栄次郎も動けなかった。相手が攻めてきたら相討ちになるかもしれないと思った。

無言のまま対峙している。緊迫した睨み合いが続いた。風が出てきたらしく、木の葉が風に鳴っていた。

遠くに地を蹴る足音とともに凄まじい殺気が襲いかかった。背後の敵に向かえば、正面の侍が斬り込んでくる。

とっさに判断し、栄次郎は背後の敵が迫った瞬間、居合腰から抜刀し、正面の侍に斬りかかった。

正面の侍は栄次郎の動きを読み違えていたらしく、あわてて剣を振るい、栄次郎の剣を跳ね返した。背後では、匕首を腰で支えて突進して来た敵が蹈鞴《たたら》を踏んで立ち止まり、すぐに体勢を立て直した。

頬被りをし、尻端折りした男だ。腰を落とし、匕首を構えている。

覆面の侍はふたたび正眼に構えた。栄次郎はすでに剣を鞘に納めていた。

「今度は今のようなわけにはいかぬ」

覆面の侍は匕首の賊に顔を向けた。その賊は栄次郎の背後にまわった。また、同じように仕掛けてくる気だ。

どうやら両者は最初から連携がとれていたようだ。

再び正眼の相手に、栄次郎は自然体で対峙する。匕首の賊は背後から隙を窺っていた。

栄次郎は後ろの敵に呼びかけた。

「市助さんですね」

背後の賊の動きが止まった。

「やはり、そうですね。左腕の傷はもう癒えたのですか」

「気づいていたのか」

背後で、市助が答える。

「ええ」

栄次郎は正面の侍を見つめながら、

「又五郎さん。出て来たらいかがですか」

と、大きな声を出した。

「市助さん、おとよさん、又五郎さんは私を斃すために遣わされたのですね」

そのとき、正面の侍が叫んだ。

「この男にはめられたらしい。市助、又五郎、逃げるのだ。町方に囲まれている」

侍は叫び、踵《きびす》を返した。

周囲に提灯の明かりが囲んでいた。

「ちくしょう」

市助が栄次郎に匕首を向けて突進して来た。栄次郎は身を翻《ひるがえ》して避《よ》けながら相手の匕首を持つ手を摑んでひねり上げた。

市助は匕首を手から離した。

「おのれ」

又五郎が匕首を構えた。

「三ノ輪の先にある風除け稲荷で捕らえたふたりが殺されました。私が自身番に行っている間のことです。あれはあなたが止《とど》めを刺したのですね」

「…………」

「死んだ侍は瀬尾家の国元からやって来たのですね」

「…………」

「もうわかっているのです。あなた方も国元からですか」

「…………」

「否定しないのは、そうだということですね」

「ちくしょう」

又五郎は匕首を逆手に持って躍りかかった。栄次郎は剣を素早い早さで抜き、すぐに鞘に納めた。

又五郎の手に匕首はなかった。剣に撥ねつけられて木立に突き刺さっていた。

提灯の輪が狭まってきて、又五郎は呻き声を発した。

原田徳之助がやって来た。

「侍に逃げられた」

「構いません。市助さんと又五郎さんのふたりから事情を聞き出すことが出来れば」

与平たちが又五郎や市助に縄をかけた。

「あとはお願いします」

栄次郎は徳之助にあとを任せ、浅草黒船町に戻った。

お秋の家についたのは五つ半（午後九時）に近かった。

長火鉢の前で、崎田孫兵衛は頬を染めて、だいぶいい気持ちになっていた。

「よく戻って来た」

孫兵衛は満足そうに言う。

「何か、私にお話がおありとか」

栄次郎は切り出す。

「うむ。そなた、同心の原田徳之助をそそのかし、瀬尾家のことを調べているようだな」

孫兵衛が渋い顔で口にした。

「人質立て籠もり事件の関連で……」

「待て」

孫兵衛が手を上げて制した。

「瀬尾家と関わりがあるという証《あかし》はなかったはず。それなのに思い込みから瀬尾家に疑いを向けたのではないか」

「いえ、その後、私を襲った侍が口封じのために仲間に殺されました。その侍が瀬尾家の国元から江戸に遣わされた家来であることがわかりました」

「…………」

孫兵衛は顔色を変えた。

「今宵、仲間のふたりの男を原田さまが捕まえました。これから大番屋で取り調べがはじまります。最初はしらを切るでしょうが、いずれ口を割るかもしれません」

「口を割らないかもしれぬ」

「崎田さま」

栄次郎は身を乗り出し、孫兵衛に迫るように、

「お奉行は老中から何か言われたのですね」

「………」

孫兵衛は気まずそうな顔をした。

「それで、探索をやめるようにと芝田さまや原田さまにも」

「そういうわけではない。ただ、証がないのに大名家に疑いをかけるのは問題だからだ」

「すでに証は揃いつつあります。ただ、いまだに瀬尾家が何を企んでいるのかわからないのです。そこが障害になって思い切って突き進めないのです」

「それこそ、なんの問題もないからではないか」

「崎田さま。人質立て籠もり事件を引き起こした一味は瀬尾家の家来であり、その者と密談をしていた某大名の家来がおりました」

「某大名？　誰だ？」

「誰だと思いますか」

「もったいぶらずに言え」

「稲葉越前守さまです」

「なに？」

「老中です」

「ばかな」

「ほんとうです。瀬尾家の下屋敷で私を襲った者と会っていた侍は西の丸下の老中屋敷に入って行きました。そのうち、その人物の名がわかると思います」

「………」

孫兵衛は唖然としていた。

「瀬尾家と老中の稲葉越前守さまは何か企てています。私を殺してまで秘密を守ろうとしているのです。それをなんとしてでも阻止しなければなりません」

「もしあらぬ誤解だったら、お奉行の首が飛ぶかもしれぬ」

孫兵衛は憤然と言った。

「崎田さまのお耳には何か老中の噂が入っていませんか」

「いや」

孫兵衛は首を横に振った。

「ただ……」

「なんですか」

「賄賂《わいろ》が好きらしい」

「賄賂ですか」

「お役につきたい者は越前守さまに賄賂を贈っているらしい。まあ、賄賂はどこでも誰もがやっていることだが」

孫兵衛はそう言ったあとで、

「瀬尾家も越前守さまに賄賂を贈っているのかもしれぬな」

「しかし、そのくらいで御庭番の口を封じるとは思えません。それに、瀬尾家も財政難にあるようですし」

栄次郎は首を傾げ、

「塩田の話はご存じですか」

「塩田？」

「はい。瀬尾家のあるお方からお聞きしましたが、藩では赤穂に負けない塩を作り出すことに成功したそうです。藩主忠興公の弟の忠恒さまが長年向き合ってきたことが芽を出してきたとのこと」

「………」

「私の感想ですが、そのことから伊勢守さまを藩主の座から引きずり下ろし、忠恒さまにという動きが一部に……」

「なんと」

「伊勢守さま派と忠恒さま派が対立しているのではないかと。それだけではなく、稲葉越前守さまの藩も塩を作っているそうで、稲葉家から瀬尾式の塩の製造技法を教えてもらいたいと申し入れてきたそうです。でも、丁重にお断りしたと。稲葉家に同じものを作られたら、瀬尾家の塩ではなくなり、利益を上げることが出来なくなるからだと」

「………」

「このあたりに何かあるのではないでしょうか。崎田さま」

栄次郎は口調を改め、

「瀬尾家と老中越前守さまがつるんで何かをしようとしている証が見つかったら、いかがなさいますか」

と、迫るようにきいた。

「今の話はどこまでほんとうなのか……」

孫兵衛は顔をしかめた。

「瀬尾家と老中越前守さまがつるんでいることは確かです」

「その証だ」

孫兵衛は言ってから、

「ことが大きすぎる。大目付に訴えても、よほどの証がなければかえって奉行所が叩かれる。お奉行の立場もなくなるだろう」

「わかっています。確たる証を摑んでみせます」

栄次郎は闘志を漲《みなぎ》らせて言った。

孫兵衛は困惑して酒を呷っていた。

四

翌朝、栄次郎は本材木町三丁目と四丁目の間にある「三四《さんし》の番屋」と呼ばれる大番屋に行った。

原田徳之助が又五郎の取り調べをはじめていた。

「いかがですか」

栄次郎は徳之助にきいた。

「何も喋らぬ。無言を貫いている」

「私に話をさせていただけませんか」

栄次郎は頼んだ。

「うむ」

徳之助は場所を開けた。

栄次郎は莚《むしろ》の上に座っている又五郎の顔を見た。又五郎は目をそらした。

「あなたは市助さん、おとよさんらと瀬尾家の国元から遣わされたのですね」

「…………」

「違うなら違うと言ってください。でなければ、認めたと思います」

瞬間、又五郎は栄次郎を睨みつけたが、すぐに顔を横に向けた。

「あなたと市助さんは、人質立て籠もり事件で弥三郎さんといっしょに船宿に押し入ったのですね」

「…………」

又五郎は顔を背けたままだ。

「瀬尾家は、御庭番の口を封じるために、人質立て籠もり事件を起こした。首謀者として弥三郎さんを利用した。殺さねばならない理由を隠すためです」

栄次郎は続ける。

「弥三郎さんは塚本家再興を図るという約束を信じて手を貸したのです。弥三郎さんがそのことを信じたのは、瀬尾家と老中稲葉越前守さまとの関係があったからです。つまり、瀬尾家は老中稲葉越前守さまに塚本家再興を申し入れることになっていた。ところが、瀬尾家はその約束を破った。弥三郎さんはそんな裏切りに備え、事実を書き記し、ある人物に預けたのです。そして、小平次さんにその書付をネタに、瀬尾家に対して約束を履行させようとしたのです。それに対し、あなたと市助さんは小平次さんを拷問し、書付を奪おうとした。ところが、小平次さんは白状する前に息が絶えてしまった」

栄次郎は息継ぎをし、

「そこであなた方は、この件に首を突っ込んでいる私を亡きものにすれば、あとから書付が出てきても言い逃れが出来ると踏んだのではありませんか」

相変わらず、又五郎は無言を貫いている。

「あなたは白虎稲荷の話を持ち出し、私を誘《おび》き出した。そして、昨夜は腕の立つ侍を待ち伏せさせた」

「…………」

「市助さんが瀬尾家の下屋敷の長屋に住んでいるのを確かめました。そこに、五百羅漢寺の近くの隠れ家にいた四十歳ぐらいの侍といっしょに稲葉越前守さまのご家来がいましたね」

又五郎は微かに動揺を見せた。だが、口を真一文字に閉ざしたままだ。

「今、瀬尾家では藩主の伊勢守さま派と弟の忠恒さま派が対立しているそうですね。そこに、塩の製造技法のことで、老中の越前守さまが関わっている」

又五郎の眉がぴくりと動いた。

「問題は越前守さまが伊勢守さま派と忠恒さま派のどちらと結びついているのか。おそらく、御庭番は何らかの企みに気づいたのでしょう。だから、口を封じなければならなかったのです」

栄次郎は又五郎の顔を見つめ、

「ここまでの話で間違っているところはありますか」

と、きいた。

又五郎はまた顔を背けた。

「では、これまでの話を瀬尾家にぶつけるとき、又五郎さんも認めたと話します。いいですね」

「出鱈目《でたらめ》だ。みんな出鱈目だ」

「やっと口を開いてくれましたね」

栄次郎は呟き、

「どこが違うか言ってください」

と、迫った。

「…………」

「言えませんか。やはり、あなたがすべて認めたとして瀬尾家のご家老とお話をさせていただきます」

「汚ねえ」

又五郎は吐き捨てた。

「では、どこが違うのか言ってください」

「全部だ」

「全部とは？　あなたが私を殺そうとしたことは間違いありませんね。見ていたひとたちがたくさんいます」

「殺そうとしたのは、別の理由だ」

「どんな？」

「…………」

又五郎は押し黙った。

「まだ理由は考えていませんか」

怒ったような顔で、又五郎は横に向いた。

「原田さま。今度は市助さんにも問いかけたいのですが」

「いいだろう」

又五郎を奥の仮牢に連れて行かせ、代わりに市助がやって来た。

今まで又五郎がいた莚の上に、市助を座わらせた。

「小塚原であなたは私に声をかけさせるように振る舞ったのですね」

「…………」

「あなたもだんまりですか」

市助は顔を背けた。

「あなたがおとよさんと又五郎さんに引き合わせた。それも私を斃すため。深川で私に匕首を構えて突進して来たのもあなたですね。そのとき、私の剣先があなたの二の腕を軽く斬った。昨夜も突進して来ましたが、左腕の傷はもうだいじょうぶなんですか」

「…………」

「本所で的場重四郎という浪人が私を襲ったとき、あなたはずっと様子を見ていた。そして、浪人が襲撃を諦めたのを見て、あなたは瀬尾家の下屋敷に引き上げた。そこに、結果を待っていた侍がふたりいた。ひとりは深川の五百羅漢寺の近くの隠れ家にいた四十歳ぐらいの侍、もうひとりは三十半ばぐらいの大柄な侍です。鷲鼻の鋭い顔付きの男です。その侍は下屋敷を引き上げ、西の丸下の老中屋敷に帰って行きました」

市助は唖然とした目を向けた。

「その侍は誰ですか」

「知らねえ」

やっと市助は口をきいた。

「いずれ名はわかるでしょう」

栄次郎は市助の前から離れ、徳之助に向かい、

「おとよさんはどうしましたか」

と、きいた。

「南茅場町の大番屋にいる。おとよからも話を聞くなら？」

「いえ。何も答えないでしょうから」

栄次郎は言い、あとは任せて大番屋を出たとき、新八が駆けて来た。

「やはり、ここでしたか」

新八はほっとしてから、

「鷲鼻の侍の正体がわかりました。加納大五郎《かのうだいごろう》といい、稲葉家で一番の剣の使い手だそうです」

「加納大五郎ですか」

栄次郎は呟き、また大番屋の中に戻った。

まだ、市助が莚の上に座っていた。

「原田さま。あとひとつだけ問いかけを」

栄次郎は言い、市助の前に立った。

「市助さん。昨夜の頭巾の侍は稲葉家の加納大五郎ですね」

「…………」

市助は口を半開きにして驚いていた。

「最後に、稲葉家一の剣の使い手を私に向けて決着を図ろうとした。だが、それに失敗したのです。もう、あなた方の目論見《もくろみ》は潰《つい》えたのです。潔《いさぎよ》く、罪を認めたらいかがですか」

市助は頷いていたが、口を割る気配はなかった。

栄次郎は改めて、大番屋を出た。

途中で新八と別れ、浅草黒船町のお秋の家に着いた。

お秋が呆れたように、

「また、お客さまがお待ちですよ。今日は香月さま」

と、言った。

殺された御庭番の弟香月千之助だ。

栄次郎は二階の部屋に行った。

眉毛が濃く、鼻筋が通っている千之助が待っていた。

「矢内どの」

千之助は少し興奮しているようだった。

「瀬尾家が繋がっている幕閣の相手がわかりました。老中の稲葉越前守さまです」

「どうしてわかったのですか」

「兄の上役が教えてくれました。じつは四カ月ほど前のことですが、将軍家斉《いえなり》公の側室の姫君が越後《えちご》藩村上《むらかみ》家の若君に嫁《とつ》ぐことになっていたのです。それを、越前守さまが待ったをかけたそうです」

「待ったを？」

「はい。村上家の若君は粗暴で、ひとの上に立つ器ではないと。その点、瀬尾家の若君は頭脳明晰で、凛々《りり》しい若者で、姫君の婿《むこ》にふさわしいと強く推していたそうです」

「いくら老中とはいえ、そんなことに口をはさむなんて」

栄次郎は半ば呆れ、半ば驚いた。

「瀬尾家は姫君との縁組を望んでいたのですか」

「もちろんでしょう。将軍家と縁戚になれるのですから」

「姫君はお幾つですか」

「十四歳です」

「十四ですか……」

瀬尾伊勢守の世嗣《せいし》は十五歳だ。

「なぜ、越前守さまが瀬尾家を推すのかわかりませんが、両者にはそのことで何か思惑があるのではないかと」

　千之助は言い切った。

「それで、姫君の件はどうなったのですか」

　栄次郎は気になってきいた。

「それが……」

　千之助は言いよどんだ。

「何か」

「越後藩村上家の若君が三カ月ほど前に大怪我を」

「大怪我？」

「藩主の鷹狩りに同道したとき、馬から落ちて……。急に馬が暴れ出し、若君は振り落とされ打ち所が悪く、今も寝たきりだそうです」

「なぜ、馬は急に暴れだしたのでしょうか」

「わかりません。ただ、居合わせた家来の話では百姓が近くにいたと」

「百姓？」

「その百姓は見つかっていないそうです」

　千之助が厳しい顔になった。

「疑いは瀬尾家にかかったのでは？」

「はい。兄の上役も、上様から瀬尾家の探索を命じられたのではないかと言ってました」

「兄上は、瀬尾家に潜り込み、何かその証拠を摑んだのかもしれませんね。もうひとりは越後藩領内の落馬の現場に行ったんです。そこでお互いに何かをつかみ、江戸にやって来た。ふたりは今度は瀬尾家と老中稲葉越前守との関係を調べた……」

栄次郎は想像を続けた。

「ところが、ふたりのことがばれたのです。瀬尾家と越前守はふたりの口を封じなければならない。そこで、国元から刺客が送られた。だが。単に殺せば疑いは瀬尾家に向けられる。そこで、人質立て籠もり事件を起こしたのです」

「そういうことだったのですね」

「ただ、どうして刺客と弥三郎さんがつるむことになったのか」

栄次郎は首を傾げた。

が、すぐにあることに思い至った。弥三郎は塚本家がお取り潰しになったあと、瀬尾家に奉公したことがあるのではないか。

栄次郎はそうかもしれないと思った。

「いったい、瀬尾家と老中稲葉越前守さまはどのような利害関係で結ばれているのか。それがわからないと……」

千之助は悲観的な声で言う。

「利害……」

栄次郎は呟いた。

「やはり、瀬尾家にとっては姫君との縁組ではないでしょうか。将軍家と縁戚になれば、将軍家からの援助が期待できます。財政難にある瀬尾家にとっては大きいでしょう」

「でも、稲葉越前守さまにはどのような利が？」

千之助は疑問を口にする。

「塩です。塩の製造技法です」

「塩？」

「稲葉越前守さまは瀬尾家の製造技法を取り入れたかったそうです。その技術を渡すことと引き替えに将軍家の姫君を……」

そこまで言って、栄次郎ははっとした。

「何か」

　千之助が訝しそうにきいた。

「瀬尾家では藩主忠興公より弟の忠恒さまのほうが有能だそうです。財政難を忠興公では乗り越える力はないが、忠恒さまなら出来るという評判だそうです。塩の製造技法を編み出すことに成功したのも忠恒さまの力だそうです」

「藩内で、忠興公と忠恒さまの対立があると？」

「そうです。現藩主を退《しりぞ》け、忠恒さまを押し立てようとする動きがあると、瀬尾家のお方が話してくれました」

　栄次郎は続けた。

「もし、将軍家から姫君を迎え入れることが出来たら、形勢は逆転し、藩主忠興公の権勢が増すことになりましょう。忠興公にとっては忠恒さまが力を入れて編み出した塩の製造技法など不要なのです。稲葉家に渡しても痛くも痒くもないのです」

「そういうことでしたか」

　千之助は気を昂らせた。

「兄上はそのことを調べ上げたのです。ただ、我らは兄上ではありません。今のことをどなたかに報告しても証がなければ信じてもらえません。稲葉越前守さまにも出鱈目だと一蹴されるだけです」

「では、どうすれば？」

「この件で暗躍した市助と又五郎という男が捕縛され、大番屋で取り調べを受けています。このふたりは口を割りそうにもありませんが、ここまでわかったということを知らせれば観念するかも……」

栄次郎は大きく息を吐き、

「もう一度、大番屋に行ってみます」

「私は今の話を、兄の上役に」

ふたりは同時に立ち上がった。


栄次郎は再び、大番屋にやって来たた。

徳之助が座敷の上がり框に腰を下ろして煙草を吸っていた。

「原田さま」

栄次郎は声をかけた。

「矢内どのか。どうした？」

「また、ふたりにききたいことがありまして。よろしいでしょうか」

「わかった」

徳之助は与平に又五郎を連れて来るように言った。

又五郎は素直にやって来て莚の上に座った。

「又五郎さん、あなたは三カ月ほど前に越後藩の領内に行きましたね」

栄次郎はいきなり言い切った。

「どうしてそのことを？」

不意を衝かれて動揺をしたのか、又五郎は認めるような返事をした。

「やはり、行っていたのですね」

「いや、行っちゃいねえ」

又五郎はあわてて否定した。

「越後藩村上家を知っているのですね」

「知りませんぜ」

「三カ月ほど前に越後藩村上家の若君が鷹狩りのとき、急に馬が暴れだしたために振り落とされ打ち所が悪く、今も寝たきりだそうです」

「…………」

「近くに百姓がふたりいたそうです。その百姓はあなたと市助さんじゃありませんか」

「…………」

「もう、瀬尾家と稲葉越前守さまとの密約は暴かれています。これ以上、口を閉ざしていても無駄です」

「矢内どの。どういうことだ？」

徳之助がきいた。

「瀬尾家と稲葉越前守さまとの密約がわかりました」

そう言い、栄次郎は将軍家の姫君のことや塩の製造技法を越前守が狙っていたこと、さらにその背景にある藩主忠興公と弟の忠恒さまとの対立を話した。

「では、すべての元凶は藩主忠興公と老中稲葉越前守さま」

徳之助が憤然と言う。

「そうです。人質立て籠もり事件を引き起こして御庭番の口を封じたのも忠興公派の家臣たちです」

栄次郎は顔を又五郎に向けた。

又五郎は肩を落としていた。

五

翌日の昼過ぎ、栄次郎は大伝馬町の『美濃屋』の客間で、若槻惣太郎を待った。『美濃屋』の使いが出かけてから半刻（一時間）後に、惣太郎がやって来た。

「お待たせいたしました」

惣太郎は急いで来たらしく、肩で息をしていた。

「若槻さま、ようやく事件の全体像が見えてきました」

「ほんとうですか」

惣太郎が身を乗り出した。

「若槻さまは瀬尾家に将軍家の姫君が輿入《こしい》れするという話をご存じですか」

「そのような話を聞いたことはありますが、単なる噂だと思っています」

「その姫君は越後藩村上家に輿入れすることになっていたのを老中稲葉越前守さまが反対したそうです。村上家の若君は素行に問題があるとして、瀬尾家に輿入れするように越前守さまが進言したそうです」

「…………」

「その後、村上家の若君が鷹狩りのとき、落馬して大怪我を負ったのです」

「まさか、何者かが？」

惣太郎は顔色を変えてきく。

「おそらく、又五郎と市助という国元の者の仕業《しわざ》だと思います。このふたりは領内に住むやくざではないかと」

「そうですか」

「藩主忠興公は塩の製造技法を稲葉越前守さまに渡す代わりに姫君を若君の正室に迎えようとしているのです。そして、弟の忠恒さまを排斥せんとするおつもりでしょう。若槻さま、これが瀬尾家にとっての危機です。このまま突き進めば、御家の存続にも関わる事態になりかねません」

「………」

惣太郎の顔が強張っていた。

「わかりました。末席の家老ですが、信頼出来るお方がおります。このお方に訴えてみます」

惣太郎は強張った表情で言い、急いで屋敷に帰って行った。

栄次郎も忙しく『美濃屋』をあとにした。

栄次郎は急ぎ足で小石川の天正寺にやって来た。

喜平は塚本家の墓を掃除していた。栄次郎は近づいて行く。

木の葉を踏む音がし、喜平が振り向いた。栄次郎は近付いた。

「ようやく、事件の全容がわかってきました」

栄次郎はいきなり切り出した。

「私には関係ありません」

喜平は気のない返事をした。

「喜平さん。あなたは弥三郎さんが残した書付を持っていますね」

「処分したと言ったはずです。なまじ、あんなものがあるから奪い合いになる」

「いえ、あなたはある目的のために書付を利用しているはずです」

「何度も言っていますが、私は弥三郎のように塚本家の再興を望んでいませんよ」

「このままでは塚本源次郎さまが生きてきた証はなくなりますよ。塚本家が再興されれば、源次郎さまのことも代々の当主として」

「源次郎さまにお子がいればともかく、再興されても、その塚本家は源次郎さまの家系とは別ものです」

「しかし、塚本家が存続すれば……」

「いいえ、塚本家は源次郎さまの代で終わったのです。源次郎さまのためにもこのままがいいのです」

「なるほど。よくわかりました」

栄次郎は合点した。

「塚本源次郎さまが妻帯して間もないご新造を斬ったあとに登城し、詰所で上役を殺して逃走し、御徒町の組屋敷の自分の部屋で自害した。ご新造は上役と情を通じ合っていた」

栄次郎が口にすると、喜平は顔をしかめた。

「源次郎さまは祝言を挙げられ、仕合わせの絶頂にあったのですね。そんなときに、ご新造が上役と情を通じていることがわかった。あなたは源次郎さまの気持ちがよくわかった。もし、お子がいたら、源次郎さまの考えも違ったでしょうが、後継ぎはいなかった。だから、源次郎さまは御家の断絶を覚悟して凶行に及んだのでしょう」

「…………」

「あなたは御家の断絶を覚悟しての行動に理解を示していたんですね。だから、塚本家の再興は望まなかった」

栄次郎は喜平の横顔を見つめながら続ける。

「相手の上役は不意打ちを食らったとはいえ、抵抗もせずにあっけなく討たれたことは不埒《ふらち》であるということで改易になった。お互いの御家はなくなったが、上役には子どもがいた。その子が何年も前から御家復興を働きかけていたそうですね。その願いが通るかもしれない。だから、弥三郎さんは何としてでも塚本家を再興させたいと思った。ところが、喜平さんは逆の考えでした」

「…………」

「あなたは上役の御家の再興を阻止しようとしたのではありませんか。瀬尾家を通して老中に上役の子の御家復興の願いを却下するように、書付を脅しの道具に働きかけた。違いますか」

喜平は塚本源次郎の小さな墓に顔を向けたまま、

「源次郎さまが御家断絶を覚悟しての己の恨みを晴らしたのだ。その相手の御家が再興する。こんな理不尽なことはない」

「しかし」

栄次郎が口をはさもうとするのを、喜平は制した。

「矢内さまは、先ほど、お子がいたら源次郎さまは御家の断絶を覚悟してまで凶行に及ばなかったと仰いましたね」

　喜平は栄次郎に顔を向けた。

「ご新造さまは身籠もっていたのです」

「えっ？」

　栄次郎は胸に激しい衝撃を受けたようになった。

「でも、源次郎さまの子ではありません。上役の子です。将来、塚本家は妻が情を通じ合っていた上役の子が継ぐことになるのです。そんなこと耐えられますか」

　喜平は激しく訴えた。

「源次郎さまの一番の狙いは塚本家を断絶させることだったんですよ。そのためにご新造や上役を斬ったのです。弥三郎は源次郎さまの本心がわかっていなかった……」

「ご新造さまが身籠もっていたというのはほんとうなのですか」

　栄次郎は衝撃を受けていた。

「検死のとき、取り上げ婆が立ち会っていました。私もあとで取り上げ婆から聞きました。弥三郎も知っていましたが、まさか上役の子だいうことまでは知らなかったのです」

「上役の子だとどうしてわかったのですか」

「胎児の成長の日数が合わなかったんですよ。祝言からふた月、ご新造のお腹は目立ってきていました」

「そうでしたか」

栄次郎は気を落ち着かせてから、

「上役の御家の再興はどうなりそうですか」

「まだ、わかりません」

「書付はお持ちですか」

「持っています」

「中をご覧になりましたか」

「見ました」

「どのような内容でしたか」

「人質立て籠もり事件を引き起こしたわけや、御庭番の口を封じなければならない理由、老中と瀬尾家の密約などが記されていました」

「将軍家の姫君の件は？」

「ええ、塩の製造技法の件と絡めて」

「越後藩村上家の若君が大怪我を負ったことは？」

「それは知りません」

「そうですか。姫君は最初は村上家の若君のところに嫁ぐ予定だったのを老中稲葉越前守さまが瀬尾家に変えるように進言していたそうです」

「じゃあ、若君の大怪我というのは？」

「瀬尾家が放った刺客の仕業だと思います。喜平さん」

栄次郎は口調を改めた。

「このままでは稲葉越前守さまと瀬尾伊勢守さまとの企みが成功してしまいます。どうか、陰謀を阻止するためにも書付を」

「………」

「このままではおそらく瀬尾家で内紛が起き、また犠牲者が出るでしょう」

「上役の御家が再興する、させないなど、瀬尾家の問題から比べたら些細なことかもしれません。でも、そこには源次郎さまの無念の思いが……」

喜平は墓石の前でくずおれるように跪《ひざまず》いた。そして、嗚咽《おえつ》を漏らした。

「喜平さん」

栄次郎は声をかける。

「書付は小屋の中にある」

喜平は言った。

「出してくれるのですね」

喜平は頷いた。

「ありがとうございます。出来たら、喜平さんから同心の原田徳之助どのに渡していただけませんか」

「わかりました」

それから、栄次郎は書付を懐にした喜平と共に奉行所に向かった。


数日後、晩秋の冷たい風が小塚原に吹いていた。

すでに竹矢来は取り外されていて、獄門台にも弥三郎の首はない。この荒涼たる地に弥三郎は眠っている。かなたに千住回向院《せんじゅえこういん》が望める。

栄次郎は獄門台に弥三郎の首を見ているように心の内で呼びかけた。

「弥三郎さん。あなたが命を懸けた塚本家の再興はなりませんでした。ですが、稲葉越前守と瀬尾伊勢守の悪事は白日の下に晒されました。不本意でしょうが、どうか気を鎮めて成仏を」

昨夜、お秋の家で、栄次郎は崎田孫兵衛と会った。

「幕閣は稲葉越前守と瀬尾伊勢守の件でたいそうな騒ぎだそうだ。本格的な取り調べはこれから評定所ではじまるが、すでに越前守は老中を罷免され、瀬尾伊勢守は藩主の座を下りたそうだ。関係者の裁きもこれからおいおいはじまる」

孫兵衛の声が蘇った。

「弥三郎さん。どうかやすらかに」

栄次郎が口にすると、脳裏に浮かんでいる弥三郎の獄門首が微笑んだような気がした。

栄次郎は踵を返し、その場を離れた。

ふと、前方から編笠の大柄な侍が歩いて来た。まっすぐ栄次郎のほうにやって来る。

栄次郎は立ち止まった。相手が目の前に立った。

栄次郎はおやっと思った。不忍池の辺で刃を交えた相手に思えた。

「加納大五郎どのですね」

栄次郎は声をかけた。

侍は編笠をとった。三十半ばの鷲鼻の鋭い顔が現れた。

「ここではないかと思って来てみた」

大五郎は言った。

「決着をつけたい。向こうへ」

大五郎は勝手に枯れ木が乱れ立っている荒れ地に向かった。しかたなく、栄次郎はついて行く。

だいぶ陽が翳ってきた。

大五郎は立ち止まって、編笠を捨てた。そして、ゆっくり剣を抜いた。

微動だにしない剣先が栄次郎の目をとらえた。栄次郎の自然体で立った。大五郎はじりじり間合いを詰めてきた。

が、栄次郎は大五郎から先日のような迫力を感じなかった。

「加納さま」

栄次郎は声をかけた。

「死ぬつもりですね」

大五郎の剣先が微かに揺れた。

「ここで死んではなりません。あなたがどこまで今回の件に関わっていたかわかりませんが、逃げないで立ち向かっていってください。すべて、落ち着いたとき、改めて立ち合いたいと思います」

栄次郎はそう言い、踵を返した。

加納大五郎は抜き身を下げたまま立ちすくんでいた。
すっかり暗くなった小塚原を、栄次郎は浅草黒船町のお秋の家に向かって急いだ。

時代小説

二見時代小説文庫

獄門首《ごくもんくび》　栄次郎江戸暦《えいじろうえどごよみ》27

二〇二二年　二　月二十五日　初版発行

著者　小杉健治《こすぎけんじ》

発行所　株式会社　二見書房
〒一〇一-八四〇五
東京都千代田区神田三崎町二-一八-一一
電話　〇三-三五一五-二三一一［営業］
〇三-三五一五-二三一三［編集］
振替　〇〇一七〇-四-二六三九

印刷　株式会社　堀内印刷所
製本　株式会社　村上製本所

ISBN978-4-576-22012-3
https://www.futami.co.jp/